长篇报告文学 · 福建省文艺发展专项资金资助项目

七副碗筷

吴玉辉◎著

中共中央党校出版社

海峡出版发行集团
海峡文艺出版社

图书在版编目(CIP)数据

七副碗筷/吴玉辉著. -- 北京:中共中央党校出版社;
福州:海峡文艺出版社,2020.8
ISBN 978-7-5035-6852-7

Ⅰ.①七… Ⅱ.①吴… Ⅲ.①纪实文学－中国－当
代 Ⅳ.①I25

中国版本图书馆 CIP 数据核字(2020)第 138966 号

七副碗筷

责任编辑	任丽娜　牛琴琴　桑月月
版式设计	苏彩红
责任印制	陈梦楠
责任校对	马　晶
出版发行	中共中央党校出版社
地　　址	北京市海淀区长春桥路 6 号
电　　话	(010)68922815(总编室)　(010)68922233(发行部)
传　　真	(010)68922814
出版发行	海峡文艺出版社
地　　址	福建省福州市东水路 76 号
电　　话	(0591)87536797(发行部)
经　　销	全国新华书店
印　　刷	福建新华印刷有限责任公司
开　　本	700 毫米×1000 毫米　1/16
字　　数	144 千字
印　　张	14.25
版　　次	2020 年 8 月第 1 版　2020 年 8 月第 1 次印刷
定　　价	46.00 元

网址:www.dxcbs.net　　　　邮箱:zydxcbs2018@163.com
微信 ID:中共中央党校出版社　　新浪微博:@党校出版社

目　　录

静谧的"破厝筒"。一场"血光之灾"。母亲的话使我更想探知事情的真相。

戚继光、郑成功、黄道周和关公。1932年4月，漳州发生一件大事。芗潮剧社。东升小学来了一位教书先生。

深夜，"特种会报会"武装特务绑架了正在商议组织抗日武装事宜的柯联魁、高岗山。《一个救国志士的惨死》。日军粤东派遣军司令部的密谋。

生。一为祖，二为某，三为田园，四为国土。汾水关，兵家必争之地。日伪军来也匆匆，去也匆匆。

东山危急！把鬼子赶下海去。海澄港尾，三个团伪军反正。史克勤做梦也想不到，跟一帮伪军打了几年仗，打来打去，自己竟然当上这支部队的师长。

查埔俭烟支，查某俭胭脂，拜神俭纸钱，煮饭俭把米，俭俭抗战买飞机，打死矮股日本坏东西。风雨如磐九仙山。

岵嵝山、苏峰山、大帽山相继进驻了盟军海岸观察站。文公祠来了一个顶街姑娘。科文和宾治驾驶着飞机向日军护卫舰俯冲，扔下最后一颗炸弹。被击中的飞机拖着黑烟，撞向大海。明走八尺门，暗渡屿子头。一门二战时期沉入海底的舰尾高射炮浮出水面。巡航兄弟岛。一封远渡重洋的来信。

引　言

静谧的"破厝筒"。一场"血光之灾"。母亲的话使我更想探知事情的真相。

记得小时候，我家斜对面有一处被称为"破厝筒"的废墟，那里满是瓦砾，还有几截带着烧焦痕迹的木头。瓦砾和木头之间长着参差不齐的杂草，杂草中点缀着五颜六色的野花。平日里，街坊的老母鸡们喜欢跑到那里"闹中取静"，抱窝孵蛋，我和邻里小伙伴们也喜欢到那里玩耍。

那是我儿时的小天地。

我喜欢钓鱼，故而经常跑到"破厝筒"潮湿的墙根脚下挖蚯蚓，不知什么原因，那里的蚯蚓又肥又大，是上好的鱼饵。有一阵子，我还迷上在小纸盒里养蚕宝宝，为了解决蚕宝宝食粮问题，我时常冒着危险，踩着破厝筒的断墙去采摘隔壁婴儿婶种在院子里的那棵歪脖子桑树上的嫩叶。为此，没少惹来墙外婴儿婶那婴儿般的尖叫。婴儿婶本意是担心我从墙上掉下来，可她的尖叫声却几次差点让我从墙上摔下去。

让我停止冒险行动的不是婴儿婶的尖叫，而是老人们的一次偶然聊天。

夏天夜里，村里的老人们喜欢集聚在村东头大榕树下纳凉"讲古"，每当此时，我总是静静地坐在一旁听新鲜。老人们每次聊天看似海阔天空，却都大致有一个主题，比如，哪一年老辈们在海湾和"红毛蕃"（入侵的葡萄牙人）打了一仗，哪一年"撞拼"（强盗）到村里抢劫，哪一年闹地震海上浮出一个小岛，等等。

有一回，老人们聊起了当年日本飞机轰炸我们村的事儿。老人们讲得绘声绘色，说当时村里家家户户正准备过普度节，忽然飞来几架日本飞机，那飞机飞得特别低，连坐在飞机头里的日本飞行员都看得清清楚楚。飞机在村子上空绕了个圈子，然后开始扔炸弹，西埔中兴街附近的"榕树下"、内圩土地公庙附近的"桥仔头""新街"都中了炸弹。"新街"最惨，一家七口都被炸死了，那真是一场"血光之灾"啊！

我们家就住在新街，我立即想到我家斜对面那被日本飞机炸毁的"破厝筒"，心里不由一阵战栗，莫非这一家七口就是被炸死在那"破厝筒"里？

什么叫"血光之灾"，我当时不太明白，只是懵懵懂懂觉着，血光血光，大概就是鲜血和火光吧。

从此以后，我再也不敢到"破厝筒"挖蚯蚓、采桑叶了。然而，恐惧挡不住强烈的好奇心，我脑子里始终萦绕着一连串问题：这日本鬼子的飞机干嘛大老远跑来轰炸这偏僻的海岛村庄呢？那被炸的一家七口到底都是些什么人，里面有小孩吗？这家人有人活下来吗？

　　终于有一天，我忍不住问母亲，母亲打住我的话，神情凝重地说："小孩子别问这些，好好读书去。"

　　显然，母亲是不想让我小小年纪就知道那场鲜血和火光。然而，母亲的话使好奇心极强的我更想探知事情的真相。

第一章　血性东山

戚继光、郑成功、黄道周和关公。1932年4月，漳州发生一件大事。芗潮剧社。东升小学来了一位教书先生。

一晃五十多年过去了，那棵大榕树依然枝繁叶茂，可当年在榕树下聊天"讲古"的老人们都已经作古了。曾经懵懂少年的我转眼间也到了退休年龄，从爷爷的孙子成了孙子的爷爷，而且不小心成为一名东山籍作家。不知是宿命还是机缘巧合，有一天，东山县委宣传部的同志拿着《东山县志》和几张民国时期的福建《大成晚报》找到我，希望我能够以此为线索，对家乡东山岛的抗战历史做深度采访。

摊开泛黄的《大成晚报》，一段触目惊心的文字映入我的眼帘：

自民国二十六年至二十八年十月止，全省各县遭日寇蹂躏最惨烈为闽南之东山。

1994年版的《东山县志》作了这样的记载：

1938年5月18日起至1944年，日本侵略者及伪军进犯东山岛，计有船只17批148艘次，发射炮弹1100多发；飞机127批356架次，空投炸弹1361枚。东山军民死亡892人，被毁民房2456间，公共场所126处，民船237艘，田园遭破坏7600多亩，财产损失800多万银元。

1939年7月至1940年2月，以台湾日军司令部参谋兼华南特务机关长山本募为首的日本海军陆战队与盘踞于粤东地区的伪"和平救国军"先后三次进犯东山岛，犯下罄竹难书的罪行……

我开始了一次沉重而不寻常的采访。正是这次采访，不仅解开了我儿时的谜团，而且让我触摸到了抗战期间，发生在家乡的一个个摄人心魄的故事……

东山岛，原称铜山。《铜山所志》载："铜山者，明防倭之水寨也，环海为区，屹立于五都之东，始称东山。"1916年建县时，称之为东山县。然而"铜山"这个名字，更彰显这座海岛的血性。

东山人血脉中涌动着抗击外敌、保家卫国的基因，有着强烈的家国情怀。这与中国历史上四个人物有关，他们是戚继光、郑成功、黄道周，还有关公。

是什么原因让这四个不同时期的历史人物和东山这座偏远的海岛联系在一起呢？

先从戚继光说起。

史料记载：明代中期以后，倭寇猖獗，海盗啸聚，葡萄牙、荷兰侵略者亦相继入侵，致东南沿海一带人民生命财产遭到严重损失。铜山处于闽粤沿海要塞，深受祸害。嘉靖三十七年五月，倭寇劫掠五都东坑口，杀死男女五十余人；十月，贼突至铜山水寨东坑一带，焚掠尤惨。十二月，在诏安四都至县治城关外烧杀后，又连劫港西（村）土楼，杀掠五十余口。

英勇的铜山军民，给来犯的海盗以沉重打击，其中打了四场漂亮的战斗：

嘉靖二十八年（1549）二月十一日，葡萄牙一支海盗船队进入宫前湾，在宫前、山东、下埯等地登陆，肆行奸淫掳掠，铜山军民诱敌深入，在走马溪沉重地打击了来犯之敌。

嘉靖四十三年（1564），戚继光率领5000军队戍守陈平古渡（今东山八尺门），抗击倭寇。

崇祯六年（1633），入据台湾的荷兰侵略者窜犯铜山，福建巡抚邹维琏出兵还击，历战八昼夜，荷兰侵略者从铜钵败退至东赤港一带。东沈村民唐加春率乡勇和康美村民，与之激战三昼夜，终于把侵略者赶下海。翌年，荷兰侵略者再次从台湾入侵铜山。宫前湾海面，铜山军民水陆并进，将其船舰焚毁，于台湾海峡全歼侵略者。

崇祯七年（1634），倭寇进犯铜山，南屿渔民陈焯带领民众，布设"暗鼎阵"，把铁锅埋遍沙滩，敌寇登岸后纷纷滑倒，此时民众举桨挥锄冲杀而上，打得倭寇鬼哭狼嚎。

真可谓：走马溪，诱敌深入歼葡盗；东赤港，八面合围诛荷夷；"暗鼎阵"，大智大勇降倭寇；宫前湾，水陆合击焚敌船。多么英勇刚强的铜山人啊！

铜山还是郑成功反清复明和收复台湾的重要基地之一。郑成功之所以选择铜山，一方面，缘于铜山所处的军事战略地位。在东南沿海一线，郑成功的军队以厦门、金门、铜山、南澳为基地，形成一条连接闽粤的完整链条，控制着台湾海峡，而铜山是这条链条中不可或缺的重要一环。另一方面，郑成功看中铜山是抗清明臣黄道周的故乡，这里有支持反清复明的"群众基础"。

黄道周，字幼玄，号石斋。1585年出生于铜山古城。天启二年（1622）中进士，历官翰林院修撰、詹事府少詹事。南明隆武（1645—1646）时，任吏部尚书兼兵部尚书、武英殿大学士，因抗清失败被俘。就义之前，撕裂衣服，咬破手指，留血书遗家人："纲常万古，节义千秋；天地知我，家人无忧。"百年以后，乾隆皇帝对这位抗清明臣的气节才华充满敬畏，追谥为"忠端"。

道周先生的血书，铜山人家喻户晓，其家国情怀、气节文章更是浸润着铜山人的心灵，而他反清复明的思想也深深影响着铜山人。

史料记载，郑成功曾经四次来到铜山。

弘光元年乙酉，国朝（清）顺治二年（1645）……国姓与师莅铜。清《铜山志》（卷六）。"国姓"即郑成功。这年，他22岁。

永历二年（清顺治五年）五月，郑成功……自领大队舟师铜山，候永历旨，以便会合恢复。《台湾外志》（卷六）。

八月，成功在铜山，整顿船只，训练士卒，候广西永历信到。《台湾外志》（卷六）。

……接叶、陈、邱、林（即同安知县叶翼云、教谕陈鼎、守将邱晋、林壮猷）告急请援文，（郑成功）即整顿大队舟师回救，之后移师镇海、铜山。《台湾外志》（卷六）。

郑成功在铜山"整顿船只"，主要是以大澳为基地，修造战船。早在隆庆元年（1567），铜山水寨就在大澳设船坞，为闽东南五大水寨造船厂之一。郑成功军队驻守铜山后重建造船厂，在此修造战船，并进行战船编队训练，为收复台湾做准备。迄今在大澳，还留有郑成功凿下的"万军井"。

而"训练士卒"则是以水寨大山为平台操练水师。在水寨大山山巅，矗立一块巨石，上刻"瑶台仙峤"四个大字，这是郑成功操练水师的指挥台。

郑成功反清复明的决心和收复台湾的军事准备，得到铜山民众的大力支持。顺治七年（1650），铜山数千民众加入郑成功阵营，在康美港湾内修建了驻军营地木杨城。

顺治十八年（1661）四月二十一日，郑成功率领25000大军、200余艘战舰从金门料罗湾出发，其中一路水师从铜山启征，500名铜山子弟随郑成功收复台湾。后来这些铜山子弟留在了台湾，开枝散叶，参与了宝岛的开发。

巧合得很，清初福建水师提督施琅将军同样也选择在铜山操练水师，于1683年6月14日在水寨大山下的龙吟宫（铜山人称为"大宫"）隆重举行拜祭妈祖仪式，尔后从铜山西门澳挥师直发澎湖，成功收复台湾。施琅水师在西门澳出征时，时任福建总督姚启圣专程前来送行。

台湾文献丛刊《台湾府志》《靖海将军侯施公功德碑记》记载：迨誓师铜陵（铜山别称），首戒妄杀。六月扬帆，风恬浪息；直捣澎岛，克奏肤功……

铜山人支持郑成功收复台湾，也同样支持施琅收复台湾，因为这是家国大事。至于施琅与郑成功两人之间的恩恩怨怨，铜山人不管。

那么，铜山人与关公又是什么关系呢？

康熙三年（1664），清军攻入铜山。铜山是清军在东南沿海最后攻下的海岛。

清政府认为郑成功能够多次在沿海袭击清军，是因为沿海民众的支持与接济。为了断绝沿海居民与郑成功的联系，清政府颁布"迁界令"，要求福建、广东沿海居民限时"迁界"，向内地大规模迁移。清政府对铜山民众支持郑成功反清复明耿耿于怀，在铜山强力推行"迁界"政策的过程中，铜山百姓被杀一万余人，所剩三万余人被迫迁往漳州、潮州两地，"全岛遂成废墟"。

康熙十九年（1680），清政府宣布"复界"后，陆续回迁的铜山百姓被视为"弃民"，不予"入籍"，受到歧视。因为没有户籍，铜山人不能科举，不能置业，课税繁重，生活十分艰难。

康熙四十年（1701），漳浦知县陈汝咸（当时铜山所属漳浦县）起了恻隐之心，将铜山居民登记入册，给予户口，但因为没有"宗"，只能"傍人门户"，把户口记在别人名下。当时的铜山居民，就处于有户口却没有户主的状态，也就是"有籍无宗"。

那么，何以为宗呢？

铜山人信奉关公。早在南唐建元元年（960），驻守铜山东坑等四个兵铺的官兵，就在兵营中立有关公像。明代初，在铜山城又修建了关王祠，供戍守官兵祭拜，以激励士气。明洪武二十七年（1394），戍守铜山城的官兵，又把关公像请入随军家属宅中，以供朝夕祭拜，关公这位战神成为铜山军民的偶像。铜山人以捕鱼为生，风浪里行走，而关公自然成了民众的保护神。经过一番"民主协商"，铜山人决意做关公裔孙，一致同意立"关永茂"为总户主，将各个姓氏囊括其中，重新呈请入籍。"关永茂"是一个虚拟的名字，即关公后裔世代延续的意思。

清政府也崇拜关公。铜山人要当关公的子孙，这籍再不给入，那不得罪关公了吗？再想想，铜山也属大清的版图，这里的百姓长期不入籍也不利于管理呀。于是，清政府决定批准铜山百姓正式成为"有宗有籍"，减免各种税赋徭役。

从此，铜山人结束了长达三十余年"无宗无籍"的苦难日子。从入宗那天起，铜山百姓称关公为"帝祖"，家家户户大厅中堂悬挂关公像，像的上端写着"浩然正气"四个苍劲大字，以关公的浩然正气、忠勇仁义自勉和激励子孙。

关公的浩然正气、忠勇仁义融入铜山人的血脉：扬帆出海，命悬一线，劈风斩浪，勇往直前；遇落海者，立斩渔网，全力救助，施以仁义；外敌入侵，如关云长横刀立马，奋力拼杀，宁死不屈。在抗击外侮的历史中，铜山人只有战死，没有投降。哪有关公的子孙向敌人投降的道理！

正是英勇抗倭的历史、支持郑成功收复台湾的壮举、历经"迁界"的磨难、道周先贤的气节、关公的仁义忠勇，筑就了铜山人刚强的品格和家国情怀。这刚强品格和家国情怀，在抗击日寇、保家卫国的斗争中展现得淋漓尽致。在抗日战争中，铜山人民配合守军，浴血奋战，三次打退日寇进攻。铜山始终没有沦陷。

铜山人民的英勇表现，还与中国共产党深入人心的抗日救亡宣传密切相关。

1932年，发生了一件具有重大历史意义的事件——毛泽东率领中央红军东路军进攻漳州。这是毛泽东深入调查研究，综合分析时局做出的正确抉择。

从政治局势上看，打下漳州，可以威逼厦门沿海的日寇势力，用实际行动让国统区的劳苦大众了解中央苏区红军的性质和抗日主张，团结各阶层民众一致抗日。毛泽东明确指出：

"闽南逼近厦门，当前日寇的势力已到达厦门，我们进军闽南，对日寇侵略势力阴谋是一打击。我军以实际行动贯彻党的抗日主张，无论对国内、国外都将产生极大的政治影响。"

从军事上看，驻守漳州的国民党陆军第四十九师（师长张贞）多次"围剿"闽西苏区红军。打击和消灭张贞部队，可以为闽西苏区的巩固发展消除大患。东路军若打出外线，还可吸引、牵制准备向闽西苏区进攻的粤军，争得军事上的主动，从而减轻闽西苏区被敌围逼的压力。

从经济上看，由于国民党政权对中央苏区长期的经济封锁，根据地财政困难，部队给养紧张。漳州当时是福建富庶之地，商业繁荣，打下漳州，可筹款筹物，缓解中央苏区财政困难。

在苏区中央局书记周恩来的支持下，1932年4月，毛泽东指挥中央红军东路军攻克漳州，取得重大胜利。漳州战役，歼灭了国民党军第四十九师大部，生俘敌副旅长以下官兵1674人，缴获步枪2331支、机关枪9挺、山炮2门、平射炮2门、子弹13万发、无线电台一部、飞机2架。

耿飚（时任红三军九

《红色中华》报道红军攻克漳州的消息

师参谋长）回忆当时的情形：最令我们感兴趣的是缴获了两架飞机。其中一架曾飞到龙岩侦察，被我军击坏。另一架完好无损。从军团首长到连队士兵，成群结队地涌往机场，去看"它为什么会飞"。漳州工人还为部队做了飞行表演，当然不过是简单的起落而已。后来在五一大游行时，我军用飞机撒传单，万头攒集，在当时实在是一种奇观。

红军指战员参观漳州战役缴获的飞机

红军进漳执行了扩军、筹款、抗日宣传三大任务。一路旗帜鲜明地开展抗日救亡宣传。1932年4月15日，在进漳途中，毛泽东就以中华苏维埃共和国临时中央政府主席的名义发表了《宣布对日战争宣言》；4月20日，东路军进入漳州当天，中华苏维埃共和国临时中央政府发表了《告全世界无产阶级及被压迫民族通电》；4月26日，又发表了《对日战争通电》。

4月21日，在东路军总部驻地——芝山南麓的红楼，举行各军师以上干部会议，决定第二次行动计划。第二天，毛泽东又在连以上干部会议上，做了《目前形势与第二次行动》的报告，东路军投入到扩大影响的工作中。

芝山红楼

在漳州期间，红军战士带着印有"抗日救国"的臂章，宣传党的抗日救国主张，表明中国共产党和红军抗日救亡的决心。为了扩大政治影响，红军组织小分队走上街头，深入城乡，运用演讲、演戏、发送传单、刷写标语、绘漫画、编歌谣等形式向民众宣传党的抗日主张。现在，漳州不少地方依然保存着当时红军留下的抗日宣传遗迹。

1932年5月1日，红军在漳州中山公园召开"军民庆祝红军胜利攻克漳州"万人大会。东路军政委聂荣臻"号召闽南工农群众团结起来，反对日本帝国主义侵略我们中国，号召国民党军队停止进攻苏区，和我们携起手来共同抗日"。

红军还分三路深入发动群众，扩大影响。其中，红四军一部分留在漳州城，一部分开赴石码、角美、海澄、长泰一带。红十五军到南靖、平和一带。红三军来到了漳浦、东山。

耿飚在回忆录中写道：我红三军进驻漳浦。九师驻旧镇、盘陀、霞美、东山岛等地。

耿飚这段回忆非常重要。据了解，当时，红三军第九师的部队到达古雷半岛，而当时的古雷属于东山县。红军把抗日救亡的火种播撒到福建最南端的东山，对东山人民保家卫国、打击日寇的英勇行为产生重大影响。

红军的行动和抗日救亡宣传赢得闽南广大民众的心，使之认识到红军是一支"干苦郎"（艰苦人）自己的队伍，是一支坚决主张抗日的队伍，从开始的"躲红军"到理解红军到坚决拥护红军。

许多热血青年报名参加红军，他们当中，有农民、工人、教师、学生。当时，漳州南山寺的7名和尚也报名要求参加红军："国难当头，和尚不当了，跟着红军打鬼子去。"在厦门、集美求学的30多名台湾学生也赶到石码，参加了红军。红军在漳州期间，扩军达1500多人，其中参加中央红军900多人，参加闽南红三团600多人。

东路军回师中央苏区后，闽南的抗日救亡蓬勃发展。由东路军进漳时建立的闽南红三团发展成一支坚定的抗日武装力量，在尪仔石、梁山、乌山建立了革命根据地，发动民众投入抗日。而由许铁如（彭冲）、柯联魁、蔡大燮等地下党员领导的"芗潮剧社"（意为芗江怒潮），则以话剧、歌咏、曲艺为武器，在闽南掀起抗日救亡宣传热潮。

共产党的抗日宣传，不仅唤醒了闽南地区广大民众，还感染了驻守漳州的国民党官兵。1937年2月的一天，"芗潮剧社"趁着国民党第一五七师举行游艺会的机会，在该师礼堂上演《未完成的作业》和《汉奸的子孙》等剧目，向国民党官兵宣传抗日。一天晚上，"芗潮剧社"在漳州黄金剧院演出抗战话剧时，一位演汉奸的演员因为表演得太逼真了，有位断了手臂的国民党伤兵竟怒不可遏地冲上台要惩罚这位"汉奸"，差点闹出人命。

共产党推动的抗日救亡宣传浪潮，很快涌向东山岛。

1935年8月的一天，东山县东升小学来了一位不寻常的老师。这位年轻老师姓高，他是应东升小学校长许愿学之邀，来学校担任教务主任和语文、历史课教员。同时，他还兼任东升成人夜校义务语文教员和苏峰中学时事讲解员。

高老师不仅很文气，而且学识丰富，讲课特别生动有趣。他向学生介绍："在中国的北边有一个国家叫苏联，在那里，发生了十月革命，建成世界第一个社会主义国家。"

学生们问："老师，什么是社会主义国家？那里的人们是怎么生活劳动的？"

高老师描绘道："那里是人类世界的乐园。人人有饭吃，人人有工可做，没有人剥削人的现象。将来，我们也要建成像苏联那样的社会主义国家，把黑暗的社会变成充满光明的社会。"

"老师，苏联也有大海吗？"生长在海岛的学生立刻联想到大海。

"有呀，苏联有一位著名的文学家叫高尔基，就写过一首叫《海燕》的著名散文诗，这首诗最早发表于圣彼得堡的《生活》杂志，后来还被翻译成中文呢！"

"老师能给我们朗诵一段《海燕》吗？"

"好呀。"高老师不用看书稿，其实也没有书稿。他声情并茂地朗诵着瞿秋白翻译的《海燕》：

白濛濛的海面的上头，风儿在收集着阴云。在阴云和海的中间，得意洋洋地掠过了海燕，好像深黑色的闪电。一忽儿，翅膀碰到浪花，一忽儿，像箭似的冲到阴云，它在叫着，而——在这鸟儿的勇猛的叫喊里，阴云听见了欢乐。这叫声里面——有的是对于暴风雨的渴望！愤怒的力量，热情的火焰和对于胜利的确信，是阴云在这叫喊里所听见的。

海鸥在暴风雨前头哼着，——哼着，在海面上窜着，愿意把自己对于暴风雨的恐惧藏到海底里去。潜水鸟也哼着，——它们这些潜水鸟，够不上享受生活的战斗的快乐：轰击的雷声就把它们吓坏了。蠢笨的企鹅，畏缩地在崖岸底下躲藏着肥胖的身体……只有高傲的海燕，勇敢地，自由自在地，在这泛着白沫的海上飞掠着。

……海燕叫喊着，飞掠过去，好像深黑色的闪电，箭似的射穿那阴云，用翅膀刮起那浪花的泡沫。

……暴风雨！暴风雨快要爆发了！

那是勇猛的海燕，在闪电中间，在怒吼的海的头上，得意洋洋地飞掠着；这胜利的预言家叫了："让暴风雨来得厉害些罢！"

高老师朗诵完《海燕》，课堂一片安静，学生们还沉浸在诗的意境中。接着，响起一阵热烈的掌声。

"老师，我们不做胆小的海鸥和潜水鸟，也不做躲藏在崖岸底下的企鹅，要做不怕暴风雨的海燕。"学生们说。

高老师说："同学们说得对。现在，乌云和暴风雨来了，这乌云和暴风雨就是日本鬼子，日本鬼子占领了我们中国东北，掠夺我们的资源，杀害我们中国人，他们还妄想占领我们整个中国，说不定哪一天还会来侵犯福建、侵犯我们东山岛，我们要像海燕一样勇敢去战斗，把日本鬼子赶出中国去。"

"我们要像海燕一样勇敢去战斗，把日本鬼子赶出中国去！"学生们群情激昂。

有两个同学在下面小声议论着："这位高老师真了不起，他会不会是高尔基的学生呀？"

"说不定，也许是亲戚，都这么有文化，而且都姓'高'。"

这位高老师还向东升小学的老师介绍艾思奇的《大众哲

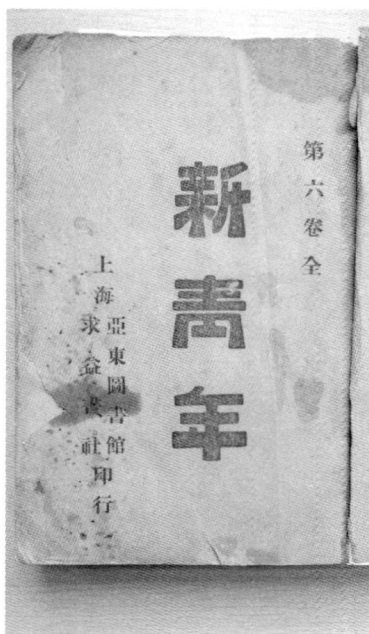

存于东升小学的《新青年》杂志

学》、叶圣陶的《稻草人》、谢冰莹的《从军日记》，以及《帝国主义》《共产主义》《政治经济学常识》《苦儿努力记》《一个女兵的自传》等书籍，这些书刊在当时被国民党政府视为"赤色"书籍。迄今，东山实验小学（其前身即东升小学）还保留着这位高老师留下的《新青年》杂志，里面刊有陈独秀、李大钊、鲁迅的文章。杂志内页还盖着褚红色的"东升小学图书室章"。

高老师还定期到东山苏峰私立中学编辑出版《东涛》墙报，并在东升小学成立了"浪花剧社"。他既是剧社负责人，又兼任剧社导演，有时还亲自当演员、报幕员。他根据左翼作家的进步剧作，编导了《国破家何在》《小英雄》《苦斗主力军》《岂有此理》《没有办法的医生》《救救孩子》《巫婆》等宣传抗日救国和揭露社会黑暗的小话剧。

高老师把抗日歌曲改编成闽南方言传唱，在民众中产生强烈的共鸣。在当地，至今还流传着高老师当年编写的一首闽南抗日民谣：

九月十八日本兵，看出中国"无才能"；

斗强占领东三省，真正凄惨是百姓。

山东山西伊最爱，福建一省也要来；

军阀官僚无志气，甲伊（和他）亲善吃枪子。

现在世界大革命，有空（富人）无空（穷人）分两旁；

有空的人做走狗，无空的人起革命。

1936年，高老师还联络东山各学校，组织了一场抗日援绥大游行，并举行义演活动，把义演募捐到的钱寄往当时的绥远省政府。

这年秋末的一个晚上，城关城隍庙举办庙会。高老师发动全县中小学师生参加庙会演出。浪花剧社演出了由高老师编导的《国破家何在》等八幕小话剧，还演唱了《大路歌》《开路先锋》《渔光曲》《胜利》等抗日歌曲。

台下，人头攒动。石鼓街一位名叫孙惠的码头搬运工看了演出，激动地说，我有两个儿子，一个叫孙忠，一个叫孙孝，就是希望兄弟二人对国家尽忠，对父母尽孝。现在外敌入侵，国家有难，忠孝不能两全，我要把两个儿子都送去当兵，保卫我们的国家，保卫我们的家园。

一位操着安徽口音的少尉排长带着十几个驻守在九仙山的士兵前来观看演出，这些士兵也被浪花剧社的演出深深感染了。

演出到最后，高老师带着浪花剧社的师生唱起了《义勇军进行曲》。台下的军人和民众群情激昂，也跟着唱起来：

起来！

不愿做奴隶的人们！

把我们的血肉，筑成我们新的长城！

七副碗筷

中华民族到了最危险的时候，
每个人被迫着发出最后的吼声！
…………

少尉排长激动地对身旁的士兵说："要是日本鬼子来了，我们就唱《义勇军进行曲》，冒着敌人的炮火去战斗。"

这位少尉排长名叫范仲良，来自安徽亳县。

高老师并不"安分"于课堂教书，每到星期天，总是奔走于农舍、渔村之间，用通俗的闽南方言向农民、渔民兄弟宣传抗日救亡道理。城关附近的城垵、铜钵、东沈、康美是高老师经常走访演讲的地方。傍晚，男女老少经常集聚在榕树下、庙埕前、院子里，听高老师生动的演讲。

几个年轻人听了高老师的演讲，激动地说："高先生，要是日本鬼子来了，我们城垵的后生一定冲在前头，让鬼子尝尝鱼叉、锄头、扁担的滋味。"

一位村妇站了起来，说："高先生，要是日本鬼子真的来了，我们城垵的女人'拿竹篙绑菜刀'也要'甲伊拼'（和他拼）。"

"对，我们女人还可以为那些打鬼子的士兵们送饭、送菜、送烧开水。"几个女人在一旁呼应着。

此时，城垵的女人和后生们并没有想到，不久以后，日本鬼子真的来了，而且就在城垵发生了一场激烈的巷战。这些听过高老师演讲的村民真的拿起菜刀、锄头、鱼叉"甲伊拼"，硬生生把日本鬼子赶出村去。

这位到东山传播抗日救亡火种的教书先生名叫高岗山，字般若，南靖县靖城武林人。毕业于上海文治大学。1924年5月考入黄埔军校，1926年7月随北伐军北伐。曾在陶行知先生创办的晓庄师范学校任教，后来回到南靖家乡，从事革命宣传工作。

1932年4月，中国工农红军攻克漳州时，高岗山为红军做向导、当翻译，在家乡武林成立农民赤卫队，配合红军打土豪、筹粮款。他还用闽南方言编成《农民歌》《十劝妹》等红军歌谣，进行扩红和抗日宣传。红军回到中央苏区后，高岗山前往白云游击区，继续开展革命活动。这回他就是从白云游击区来到东山的。

1937年七七事变，抗日战争全面爆发。高岗山接受中共党员、"芗潮剧社"负责人柯联魁的指派，告别东升小学的师生，背上行囊，奔赴新的抗日救亡战场。

这一天，东升小学师生送高老师来到码头。只见海上一片灰蒙蒙，厚厚的乌云翻动着、沸腾着，向海面、向大地压来。滚动的雷声由远而近，震耳欲聋。一道道刺眼的闪电张牙舞爪，划过天际。这情景，仿佛就是高尔基《海燕》散文诗的写照。

"高老师你看，暴风雨就要来了。"学生说。

"是的，暴风雨就要来了。你们害怕吗？"望着漫天乌云，高老师心情有些沉重。

"不怕，高老师。我们是勇敢的海燕！"

"说得好！同学们，当前，日寇正在对我国大举入侵，就像这天空的乌云和闪电，但它吓不倒我们。国难当头，我们要发动民众，团结一切力量来抵抗日本侵略者。咱们东升小学一定要成为动员东山民众投入抗日救亡的阵地啊！"

"高老师，我们记住了。你还回来吗？我们离不开你呀！"

高老师眼圈红了："回来，当然回来。我一定会回来看望你们的。"

高岗山终究没能再回到东升小学。尽管他已做好为抗日牺牲的准备，但他没想到，自己不是死在日寇的枪口下，而是死在国民党武装特务的手中。

第二章　山雨欲来

深夜，"特种会报会"武装特务绑架了正在商议组织抗日武装事宜的柯联魁、高岗山。《一个救国志士的惨死》。日军粤东派遣军司令部的密谋。

高岗山离开东山后，来到漳州担任《大刀报》编辑，他发表文章，运用《大刀报》这把锐利的"大刀"，向着敌人头上砍去。这时候，他结识了同样积极宣传抗日的《闽南新报》副社长柯鸾声。

不久，高岗山来到彭冲、柯联魁领导下的"芗潮剧社"，继续以笔为枪，创作歌曲、话剧，宣传抗日。1938年2月中旬，高岗山率领"芗潮剧社"奔赴平和小溪中山公园，欢送红三团编入新四军北上抗日。让高岗山惊喜的是，在这具有特殊意义的场合，他遇上了同样前来参加欢送活动的东升小学浪花剧社的师生。

这天晚上，高岗山和东升小学浪花剧社师生彻夜长谈。

"高老师，你走之后，我们浪花剧社按照你的吩咐，积极开展抗日宣传活动，不仅在城关街头演出，还到乡下、到渔村去演出，许多学校也仿效我们东升小学，成立了抗日剧社呢。高老师，你什么时候回东升小学，再给我们编剧本，写歌曲，还有，指导我们写演讲稿。"

"老师同学们，你们的抗日宣传做得很好。我一定回去看你们，而且在东山住上一段时间。"

"高老师，最近，经常有日本飞机飞到我们东山上空，还扔炸弹呢。听说漳州最近也经常有日本飞机来扔炸弹，日本鬼子是不是真的要来了？"

高岗山神情凝重："是的，我仿佛听到日本鬼子的铁蹄声了，我们要随时准备战斗。不，我们已经在战斗……"

此时的高岗山正配合柯联魁执行一项重要任务——做国民党军政人员的思想工作，争取他们中的爱国有识之士站到反日战线中来，而《闽南新报》副社长柯鸾声是其争取的重要对象。

柯鸾声，真实身份为军统闽南站漳州行动组组长。他是柯联魁的老乡和儿时的同学。受柯联魁、高岗山进步思想的影响，柯鸾声完全赞同共产党提出的抗日民族统一战线主张。他在《闽南新报》上发表日本飞机轰炸漳州龙眼营、上坂、中山公园、汀观道的照片，控诉日寇罪行，并让柯联魁在他主持的《闽南新报》担任副刊编辑，以文学艺术的形式宣传抗日。他还在报上发表评论，抨击国民党在漳州的军政人员利用红十字会救济难民用的汽船走私舞弊、发国难财的丑行。柯鸾声的言行，刺痛了国民党的贪官污吏。

柯鸾声曾对柯联魁说："我是军统漳州行动组组长，人家说你是共产党员，我说你不是，即使你是，我也不怕。"

傍晚，柯联魁和高岗山相约来到九龙江边。

九龙江，漳州的母亲河。有了她，才有了漳州平原。她由上游的北溪、西溪和南溪汇合，经漳州形成宽阔的江面，尔后一路向东，流进厦门湾，最后汇入台湾海峡。

夜晚的江边，停泊着一艘艘连家渔船。不知从哪个船舱，飘出凄婉的歌声：一条破船挂破网，长年累月漂江上，斤两鱼虾换糠菜，祖孙三代住一舱……

两个年轻人在江边找了一块大石头坐下。

高岗山说："这次咱'芗潮剧社'有彭冲、陈虹、骆平、陈敏、王雪恭、周苗素、陈星、郑铁鹰、周文、刘克等20多人参加新四军北上抗日，我心里直痒痒，多么想和他们一块北上，在战场上和日本鬼子真刀真枪对着干呀！"

柯联魁说："岗山，我和你的心情是一样的。可留下来坚持斗争也是组织的需要啊！战士战斗岂止在沙场。像你前段时间到东山，把那里抗日救亡宣传搞得风生水起，这作用一点不比在战场小呀。"

高岗山说："对了，我这次带芗潮剧社到平和欢送红三团编入新四军第二支队北上抗日，见到了从东山赶来的浪花剧社师生，我们聊了一个晚上。这段时间，日寇的飞机频频

七副碗筷

'光顾'东山。联魁，我有一个预感，日寇很可能会入侵东山。东升小学的老师希望我能够回去一趟，我也很想回东山一段时间。"

柯联魁说："东山岛的战略地位十分重要，我支持你重返东山，进一步做好民众和守军的抗日宣传。不过眼下你还走不开。"

"为什么？"

"当前，组织上正安排我们做柯鸢声的工作，你知道，我和柯鸢声是同学加老乡，你在《大刀报》当编辑时和他有过良好的接触，做他的工作，我们两人是责无旁贷呀！而眼下，又有新的情况。"

"新的情况？你是指……"

"哦，这也是今晚我约你出来的原因。最近，柯鸢声向我透露，他在天宝的手下韩进修掌握一定数量的人枪。如果日寇入侵漳州，这支武装可以发挥抵抗作用。我已将这一重要情况报告漳州工委，漳州工委又报告漳州中心县委，中心县委同意以天宝大山为屏障，在华安汰内及天宝、靖城一带秘密建立抗日武装，并指示，此事须待日寇登陆才可行动。"

"那我们下一步该怎么做呢？"

"柯鸢声住在北桥柯衙内，家里有空余的房间，他希望我们俩住到他家去。我考虑，为了加紧做柯鸢声的思想工作，同时，便于商量有关建立抗日武装的细节，我们两人就到柯鸢声家住上一段时间，虽然有一定的风险，但估计问题不大，柯鸢声毕竟还是国民党军统闽南站漳州行动组组长，国民党武装特

24

务还不至于对他下手。"

然而，柯联魁的判断过于乐观了。

柯联魁、高岗山很快住进了柯衙内柯鸢声家里，三人经常密谈到深夜。此时，一张黑网正在收拢，国民党顽固派的武装特务组织"特种会报会"正悄悄行动。

1938年6月5日深夜，漳州市区忽然实行戒严，柯衙内一带布满岗哨。十几个国民党"特种会报会"武装特务以查户口为名，冲进柯鸢声家，绑架了正在商议组织抗日武装事宜的柯联魁、高岗山、柯鸢声、韩进修。

四人被武装特务蒙上眼睛，强行押上车。车子开了二十几分钟，停了下来，四人又被推下车，高岗山走在山间的竹林中，意识到将要发生什么，他停住了脚步。

站在背后的武装特务已不容高岗山多想，挥起了锄头……

当晚，柯联魁、高岗山、柯鸢声、韩进修在北庙牛运窟竹林（现漳州一中附近）被秘密杀害。

时年，柯联魁28岁，高岗山36岁。

第二天，武装特务又包围了漳州华东小学，逮捕芗潮剧社人员，强迫解散芗潮剧社。

外敌当前，漳州城却笼罩在血腥恐怖之中。

一个月后，四具尸体在一场暴雨冲刷中被发现，漳州各界为之震惊。这就是国民党顽固派破坏合作抗日，在漳州制造的轰动一时的"六五惨案"。

漳州中心县委公开发表宣言，强烈谴责国民党顽固派残杀共产党人、爱国志士的严重罪行，要求严惩杀人凶手。

柯联魁的父亲柯元昌含泪给全国各界救国联合会领导人邹韬奋写了一封《一个救国志士的惨死》的信，信中写道：

韬奋先生：

我写了这一封信给你，原因是我受了很大的冤枉，这冤枉我无处申诉，而你是舆论界的一个忠实工作者，现在又是一位不属任何党派，代表着非党派民众的参政员，最少，你是有说话的自由的，我相信你一定能够替我伸冤！

我的冤枉不是我个人或我一家的问题，而是法律的问题，关系抗战，关系整个民族解放前途的问题。当着参政会开幕的今天，我希望你能够把这个问题对会提出。

我生了三个儿子，第二个儿子夭折，第三个儿子是个低能儿。我的希望，当然放在第一个儿子身上。他名叫柯联魁。今年已经廿九岁了，还没有结婚。你想，我这将近六十岁的人，是怎么企望着有一个孙子，来伴我过着衰老无聊的日子，但是我的联魁就始终不肯遵从我。他的理由是：一家的经济赖他维持，自己又不善逢迎处世，时常失业，本来就没有办法，哪里可以增加人口？而且他时常对我说，他的希望很大，他要学做一个戏剧家；他的期待很正当，他要看见祖国得到自由，人民得到平等，他要为一个合理化的社会而奋斗。但他怎样奋斗法呢？因为他爱好戏剧，他就从事戏剧运动；因为他感到中国教育不普遍，他就择定小学或民校的教员做他的职业，虽然茹苦含辛，从来没有发出一句怨言，他是第一个在漳州发起新文学运动的人。

他这样奋斗着已经有八九年了，自从离开了学校，奋斗的结果是在漳州建立了芗潮剧社，组织了新文学研究会。芗潮剧社成立，至今已满六年。在这六年之间，狂风暴雨，无时不有遭受摧残的危险。可是他坚决地支持着，每年公演两次，暑假一次，寒假一次，因为除此之外，他是没有时间了。这一个芗潮剧社，作为闽南剧运的中心，推动了整个闽南的戏剧运动。在闽南的文化人，没有一个不知道芗潮剧社，也可以说没有一个不知道他的。

…………

韬奋先生，我有这么一个儿子，虽然不是一个闻名的伟人，也足够自慰了！

七七事变发生，全国沸腾起来。民族解放的怒潮冲破了一切。我的儿子是一个热血的青年，对于救国事业，无疑地是不落人后的。他不顾家庭的困难，毅然抛弃了职业，发起组织漳州民众的救国服务团，一个月间，在百般的困难和奋斗之中，发展了八百多名团员。向来沉睡的漳州民众，一时怒吼起来，全城的抗敌情绪，像上了箭的弓弦那么紧张……我看他晚上编写文章，非到深夜不息，日夜忙碌救亡工作，每至饭时不归，身体一天天的消瘦下去，很是担心。但他却说精神非常爽快。是的，他是爽快的，平常一副阴沉的脸孔，那时却笑容可掬地谈着话，我虽是忧虑，有时也为他感到骄傲。

韬奋先生，我有这么一个儿子，就是穷困卑贱，也觉得光荣！

但是，这是什么缘故，我的儿子为了救亡工作过度努力，反而惹起当地权力者的猜忌，给他们暗算了。

…………

六月五日晚上，联魁因为家里没有人烧饭寄住漳州北桥朋友柯鸢声家里。当晚十一点许（这时已经戒严了）来了十多人，有的是士兵，有的像壮丁常备队，有的是便衣侦探，雄赳赳的不容一句分辩，将我儿子及其他三人绑去，连衣服都不给穿好，只穿着背心短裤，拖着一双木屐。等到我知道赶回漳州向各负责机构询问，没有一个说知道，你推我辞，每一件呈文递去都一律地批着："呈悉，候查"。查了一个多月还无着落。这是什么道理呢？是土匪绑票吗？断不！发生的地点，对面是联保主任办事处，邻近有壮训抽丁队部，转弯有义勇壮丁常备大队部，而且发生的时候已经是戒严的了，断没有十余名土匪这样的时候掳人可以安然通过的。这应该由谁负责呢？不由漳州的当局吗？后来我到处打听，才由一个便衣侦探的口中查出他被劫当夜便遭害了，埋在北庙附近，及至赶到那里，才发现了一堆新土掩盖的坟地旁边，留下了我儿子所穿的木屐和他朋友的一只树胶底鞋。我要开掘，却被附近堡垒上的守卫喝住了，不得已拿了木屐沿路流泪哭到家里告诉他的母亲。

韬奋先生，我的心碎了……这不只是我个人的，我儿子的问题，而是关系抗战胜败的问题，关系民族存亡的问题，救救吧！给救亡工作者一个切实的保障。

民族解放敬礼！

柯元昌

住址：福建漳州马坪街利元贞鞋店

邹韬奋被这封催人泪下的来信深深感动了，把这封信登在民国廿七年八月廿八日第十六号《全民抗战》上，并亲自写了以下按语：

这是一封充满着爱国情绪和痛子哀愤的信，字字血泪，句句至诚，我们深信任何中国人看了都是要非常感动的。读者诸君看完这封信电所叙述的事实，自会下正确的判断，原用不着记者再有所说明，但是我们觉得有两点仍值得提出：（一）为人类正义而努力，为国家民族而奋斗，志士的热血始终不会白流的，一部民族解放史就是要用许多志士的热血写成的。联魁先生的惨死，我们固然悲愤填膺，但就他本身说，是有很大意义的牺牲，我们愿以这点奉慰仁慈爱国的元昌先生。（二）可是联魁先生的惨死，却是中华民族的莫大的损失，我们不能让这样黑暗的情形长此下去，我们必须呼吁贤明的中央政府对此事予以彻底的申雪，这不仅是有关联魁先生个人的事，实在是有关千千万万救国同胞的事。据另一读者向叶留真先生的报告，和联魁先生同时被暗杀的爱国青年尚有柯铭（鸾声）、高般若、胡济美三人，漳州战时服务队的队员至今尚有张韫琪（女）等五人被拘押狱中，他们的目的都是帮助政府军队作战的。全国应多方援救这些救国被害的青年。

高岗山和柯联魁血洒牛运窟，没能再回到东升小学，没能亲眼看到抗日战争的胜利，但他在东山播下的抗日救亡火种没有熄灭，而是燃遍整个海岛。他培养的抗日救亡宣传骨干，活跃在学校、军营、城乡、渔港。一批抗战歌曲广泛传唱，激励着东山军民的抗日斗志。

当时在东山街头巷尾到处可以听到闽语抗日民谣：

滚、滚、滚，大家起来打日本，阿兄做先锋，小弟做后盾，打得日本鬼子变作番薯粉。

打铁兄，打铁嫂，一日到暗打大刀，大刀打出百万支，紧紧送上前线去，战士一人分一支，上到前线刀一比，日本兵，有的伤，有的死。刀比好，枪比准，大刀砍向死日本。

在东升小学师生心中，高老师并没有死，依然和他们在一起，搞歌咏、出墙报、编剧本、排节目、做演讲……

在东山传播抗日救亡火种的，还有来自共产党领导的乌山革命根据地。

与东山岛一水之隔，有一座横亘云霄、诏安、平和三县的乌山山脉，这是共产党领导的闽粤边革命根据地重要战略支点。闽南红三团主力北上抗日之后，国民党顽固派加大对乌山游击队的"清剿"，采取"清晨看露水，白天看火烟，晚上看火光，岩石看青苔，密林看树丫"的办法来追踪游击队，并派出小股部队埋伏在各个山头的隘口，捕杀我交通员。

在极为艰险的环境中，闽南党组织执行隐蔽精干方针，一批党员骨干和游击队员分散在深山密林里，一面创办生产基地，从事开荒、种地、烧炭等生产活动，一面坚持领导支点群众斗争。

乌山

在乌山深处，盛产一种叫"赤柯"的木材，乌山游击队用它来烧制木炭解决经费问题，而这些木炭的主要销售地正是缺乏燃料的东山岛。

这时，从东山来了一拨后生，他们帮助乌山游击队把烧制的木炭运往东山岛。用"赤柯"烧制的木炭是上好的火种，而往返于乌山与东山之间的"运炭郎"更成了传播共产党抗日救亡主张的火种。

他们当中，有一位年轻人，后来成了组织村民与入侵日寇进行殊死搏斗的敢死队队长。他的名字叫林马兴，来自东山的梧龙村。

　　这时，东山来了一个想抗日的县长，他的名字叫楼胜利。史料显示：楼胜利，浙江省浦江县大溪乡大溪村人。出身于农民家庭，18岁被抽丁当兵，后进黄埔军校，为第四期学员。曾一度被当局疑为"亲共分子"蹲了三年监狱。释放后，任国民革命军某部队大队长，后任浙江省开化县警察局长，民国二十七年12月调任长泰县长，次年8月调任东山县长，任期4年。

　　楼胜利任东山县长4年间，日寇三次进犯东山，他都给摊上了。关于早期楼胜利怎么因"亲共"蹲监狱已无从考究，但他担任东山县长期间，积极响应中国共产党抗日民族统一战线的主张，以民族大义为重，默许"赤色"书籍在东山传播、组织民众奋起抗日，得到东山百姓的认可。当时东山流传一段关于楼胜利的民谣，其中有一句："楼胜利龟隐隐（背有点驼），带头拿枪打日本。"

　　"龟隐隐"没关系，能拿枪打日本就好。在楼胜利的支持下，深受"赤色宣传"熏陶的东山县各界民众纷纷行动起来，先后成立了抗敌后援分会、文教界抗日服务队、抗日自卫团、自卫队、大刀队、救护队，还创办了妇女训练班，甚至成立了掩埋阵亡将士尸体的"东安善堂"。东山百姓和守岛官兵在思想上和人员、物资二做好抗击来犯之敌的充分准备。

　　这回，日本鬼子真的来了。

　　1937年10月26日，金门沦陷。

1938年5月10日，日军在厦门五通登陆，5月13日，厦门全岛沦陷。

1938年6月20日，日军占领南澳。

1939年6月21日，汕头沦陷。紧接着，潮州、澄海相继沦陷。

汕头，日军粤东派遣军司令部所在地。汪伪"中华和平救国军第一集团军"司令黄大伟，总指导官、台湾日军司令部参谋兼华南特务机关长、步兵大佐山本募（常驻汕头，下辖汕头、厦门由中村中佐主持的两特务机关）正密谋对福建东山岛的军事入侵行动。

资料显示：黄大伟（1886—1944），湖北黄陂人，毕业于比利时皇家军官学校、日本明治大学。在欧洲留学时加入中国同盟会，1911年回国参加辛亥革命。历任广州大元帅府参军、代理参军长，粤军第一路司令、中央直辖东路讨贼军第一军军长。1923年背叛革命，投靠陈炯明，陈炯明兵败后，黄大伟隐居香港。全面抗战爆发后，黄大伟投靠日本，沦为汉奸，自诩为"中华和平救国军第一集团军"司令，后任汪伪政府闽粤边区绥靖总司令。

变色龙似的黄大伟，历史给了他选择的机会，本来他可以成为追随孙中山的革命先驱，可他却选择背叛革命；本来他可以成为抗日民族英雄，可他却选择投靠日寇，背叛祖国。为实现当"华南国"皇帝的美梦，黄大伟不惜把自己绑在日寇侵华战车上，把枪口对准自己的同胞。

山本募走到军用地图跟前，指着地图说："我们帝国军队已经相继占领了金门、厦门、南澳、汕头、潮州，下一个目标……"山本募的手指头滑到位于厦门、汕头之间的一个蝴蝶状小岛，"就是福建南端的东山岛。"

黄大伟凑上前："大佐阁下，这小小的东山岛，孤悬海上，面积不过200平方公里，人口不足8万，弹丸之地，占它何用？"

山本募摆了摆手，狞笑道："这东山岛虽然是小小地，但它的战略地位却是大大地。我们拿下东山岛，有三个战略上的考虑，第一，东山岛位于厦门与汕头之间，处于闽粤结合部，一旦拿下东山岛和毗邻的诏安县，那厦门、东山、诏安、南澳、汕头就可以构成一条完整的封锁链，对我们开辟南方战场，策应北方战场，实现大本营在中国'速战速决'战略意图，大大地有利。第二，我们来往于汕头和金厦之间的舰船都要经过东山海域，也就是说，处在东山的中国守军观察监视之中，用中国的一句成语，那就是'如芒在背'啊！我们占领东山，就等于挖掉一双监视我海上舰船的眼睛，对保障帝国舰队的安全大大地重要。第三，就是盐。根据我们掌握的情报，由于特殊的地理位置，东山岛盛产优质海盐。而优质的海盐，不仅是我帝国军队不可或缺的生活必需品，更重要的是，它还是重要的化工原料，是敌我双方争夺的重要战略物资。黄司令，你的明白吗？"

黄大伟迎合着："大佐高见，我的明白了。"

山本募说："根据中村中佐提供的情报，东山岛现在驻有国民党陆军第七十五师第二二五旅的第四四九团一部，加上盐警、保安队、壮丁队等地方团队，武器装备很差，没什么战斗力。"

黄大伟献媚道："大佐阁下，不久前，皇军只动用海军第5舰队陆战队300多人就打下南澳岛，依我看，要拿下东山岛，易如反掌。我准备派特务便衣队司令郑天福部配合皇军的海军陆战队攻取东山岛。"

山本募点点头："嗯，我派富有登岛作战经验的涩谷中佐担任指挥官，让舰炮和航空兵火力配合。登陆部队要速战速决，一定要赶在第七十五师增援部队到来之前占领东山岛。"

此时，福建的守军为国民党的第二十五集团军。总司令由驻闽"绥靖主任"陈仪兼任，受第三战区司令长官顾祝同指挥。这所谓的集团军实际上只有一个军，即陆军第一〇〇军，由陆军第八〇师、第七十五师和新编第二〇师组成，分为福州、泉州、漳州三个守备区。漳州是第三守备区，由第七十五师驻防。第七十五师的前身是西北军第二集团军暂编陆军第三师，非蒋嫡系。其军官多为行伍出身，上过正规军校的不多。1935年，该师奉命进驻闽赣边界，围剿红军，遭到红军的重创。七七事变后，第七十五师划归第一〇〇军建制。

1938年1月12日，原驻闽南地区的第一五七师调往广东，其防区由第七十五师接管，师部设在漳州芝山。1938年

5月，日军进攻厦门，厦门失守。师长宋天才负有调援失时之责，于11月被撤职并解往重庆，后引咎辞职。正是这个坚持反共却抗战不力的宋天才，在被撤职之前，还让该师的政训部主任范子明和龙溪县长戴仲玉策划了对柯联魁、高岗山的暗杀行动。解放前夕，宋天才在家乡河南嵩县组织地方武装抵抗解放军，后逃到南京、上海，被抓获后，于1951年7月22日伏法。

宋天才离开第七十五师后，副师长韩文英升任第七十五师中将师长。这是一位愿意抗日的国民党将领。日军进攻厦门时，韩文英兼任厦门警备司令，他率部顽强抵抗，曾在战斗中负伤。

此时的第七十五师下辖2个旅4个团，分为左右两个防御区。以马巷至龙溪、海澄沿海一带为左防御区，由该师第二二三旅第四四五团、四四六团驻守。以漳浦、云霄、东山、诏安沿海一带为右防御区，由该师第二二五旅第四四九团、四五〇团驻防，旅部设于漳浦，旅长史克勤。

这支部队注定要和盘踞在汕头的日伪军杠上。

1939年7月11日，天刚露出鱼肚白，一架日本飞机打破黎明的寂静，飞到东山城关的上空，盘旋了半小时后离去。下午1时，又有一架日本飞机飞临东山岛上空，盘旋了二十几分钟，然后悄然离去。一切又恢复平静。

很明显，这是日军的一次空中侦察。

1939年7月12日上午8时许，日本3架飞机入侵古城，投下6枚炸弹，县政府被炸毁，司法处监狱及顶街、前街、后铺山街、下街等处的房屋也被炸毁10余间，致多人伤亡。

此时，关帝庙左侧的城隍庙、右侧的宝智寺驻扎着保安团，关帝庙厢房也住有72僧人。许多民众纷纷逃入关帝庙的大殿、天井躲避。他们听说日本人敬畏神庙，于是，认为躲在关帝庙会安全一些。

关帝庙的住持承理师和他的儿子陈钟忙着安置前来避难的民众。

可没想，上午10时许，日本飞机直扑关帝庙上空，扔下了数枚炸弹，其中一枚炸中距离关帝庙约百米处的黄道周祠，一枚炸中宝智寺的屋檐角边上，躲在庙里的民众数人伤亡，承理师的手肘也受了伤。

轰炸过后，日本在海面上的军舰开始向东山岛东门屿海域逼近。

第三章　鬼子来了

东门屿，三个手无寸铁的农民挫败了日军登岛图谋。古城墙上，站满持枪的中国军人和手握鱼叉、棍棒的东山百姓，夕阳下，犹如一组组威武的群雕。我家老屋，谢元海老人讲述了"破厝筒"的来历。

东门屿，坐落在东山古城东门外海面上的一座离岛，岛上奇礁密布，怪石嶙峋，有多个隐蔽的石洞。岛的高处，有一座建于明嘉靖五年（1526）的七层石塔，故也称之为塔屿。

然而，在1939年7月14日这一天，这座为入港渔民导航的石塔却见证了一场血腥的杀戮。

这天清晨，农民朱九（调玉）、郑南阳、黄桂正在东门屿一片沙地上耕作。他们家住东山城关古城，驾着小船来到东门屿这座在当时人迹罕至的小岛，种植耐干旱的番薯和花生，聊以养家糊口。跟在朱九身边的，还有一只大黄狗。

正当三人在小岛沙地上埋头劳作时，头顶传来了一阵轰鸣声，几架日本飞机呼啸而过。不一会儿，古城方向传来了炸弹的阵阵爆炸声。

"这伙畜生，又在作孽了。"望着古城冒起的一炷炷浓烟，朱九愤愤地骂道。

忽然，黄桂惊呼："快看，南边海上出现几艘军舰。"

朱九和郑南阳朝着黄桂手指的方向望去，只见几艘挂着膏药旗的军舰正朝着东门屿方向开来。

郑南阳有些紧张："是鬼子的军舰，我们要不要到山上石洞里躲一躲？"

朱九镇定地说："来不及了，鬼子已经发现我们了。再说，石洞里还躲藏着我们的乡亲，我们不能把鬼子引向石洞。不要慌，咱们继续干活。"

军舰上，日伪军指挥官涩谷正用望远镜观察着海面。

"哟西……"涩谷从望远镜中看到了东门屿上的三个农民和停靠在海礁旁的小船，嘴角露出一丝狞笑。

涩谷收起望远镜，对站在一旁的郑天福说："郑桑，快快放下汽艇，我们上前面小岛的干活。"

郑天福不解："太君，我们的登陆目标是东山古城，到那个无人小岛干什么？"

涩谷说："东山海域情况复杂，据我了解，这里曾经发生过沉船。刚才我发现那小岛上有三个人，抓住他们，海上的开路。"

郑天福哈着腰："明白了，太君是想让他们为舰船引港。"

说着，郑天福一阵迟疑："太君，据我了解，东山人生性彪悍，当年荷兰、葡萄牙人想突袭都没成功，这几个东山渔民要是不愿意为我们'开路'怎么办？"

涩谷目露着凶光："嗯，用金条和刺刀。我就不信，东山人不爱财，也不要命。"

这回，涩谷真碰到了不爱财，也不要命的东山人。

一艘汽艇靠上东门屿海滩，十几个日伪军提着刺刀跳下汽艇冲上岸，迅速把朱九、郑南阳、黄桂团团围住。霎时，空气仿佛凝固了。

三个手无寸铁的农民背靠着背，面对手提刺刀来势汹汹的日伪军，眼里透着惊恐和愤怒。

涩谷示意日伪军把枪放下，走上前，皮笑肉不笑地说："你们害怕的不要，我们大日本皇军是来东山岛帮助你们、解救你们的。"

看没人搭腔，涩谷走到年长一些的朱九跟前，问道："你的什么的干活？"

朱九没好气："没看到吗？种地的。"

涩谷又问黄桂："那你，什么的干活？"

黄桂没好气地说："杀猪的。"

"什么？"涩谷握着挂在腰上的刀柄，正要发作，继而又装出笑脸，指着停靠在礁石旁的小船说："我的知道，你们几个，是种地的，也是捕鱼的，你们熟悉这里的水路。"说着，从口袋里掏出一根金条，在三人面前晃动几下，指着海湾对面的东山古城，"你们海上的带路，上岛以后，每人赏给一根金条，金条，明白不？"

黄桂小声说："小鬼子想让我们给他们引港呢。"

郑南阳攥紧拳头："这些杀人不眨眼的畜生，前几天我的婶婶刚被他们的飞机炸死，这仇还没报呢。还想让我们给他引港去祸害乡亲，白日做梦。"

朱九说："兄弟，还记得咱们家中关公像上面写的四个字吗？"

郑南阳遥望着海湾对面位于古城岵嵘山下的关帝庙，说："记得，是'浩然正气。'"

朱九又问："还记得道周先生当年写下的绝命书吗？"

黄桂说："听老辈说过，是'纲常万古，节义千秋；天地知我，家人无忧'。"

朱九说："看来今天是要做死的准备了，可死也要死的有气节，不能愧对祖先呐！"

郑南阳和黄桂低声应道："阮知影（我明白）。"

涩谷听着三人嘀咕着，猜出几分意思，他忍住发作，强堆着笑脸："你们的放心，皇军保护你们的家园，对中国百姓大大地亲善，你们引港，拿走黄金，悄悄地干活，不会有人知道地。"

朱九指着海湾对面冒着浓烟的古城，怒斥道："用飞机炸毁我们的田园、炸毁我们的房屋、炸死我们的乡亲，这就是你们的'友好'，这就是你们的'亲善'。想用金条收买我们当汉奸，给你们引港去毁我们的家园、去杀我们的亲人，做梦！"

涩谷凶相毕露，拔出指挥刀，在朱九面前晃动着："你引不引港？不引港，死啦死啦地。"

朱九两眼怒视着涩谷："小鬼子，就是死也不会给你引港。"

"八嘎！"涩谷吼叫着，手起刀落，朱九的头颅落在沙滩上，一股鲜血从脖腔冲天而起。

大黄狗见状，哀嚎一声扑向涩谷，紧紧咬住涩谷握刀的手腕。几个日本兵冲上来用刺刀朝大黄狗猛戳，大黄狗挣扎着躺在血泊中。

郑南阳和黄桂欲冲上前去，可臂膀被几个日本兵紧紧按住。涩谷瞪着血红的眼睛，把军刀搁在郑南阳脖子上，气急败坏地吼叫着："你的开路不开路？不开路，一样死啦死啦地。"

郑南阳骂道："干你姥小日本，你们休想占领东山岛。你们欠下血债要用血来还。老子做鬼也饶不过你们！"

涩谷挥了挥手，一个日本兵用刺刀捅进郑南阳的心窝。郑南阳口吐鲜血，倒在沙滩上。

涩谷来到黄桂跟前，只见黄桂昂着头，闭上双眼。涩谷绝望地吼道："杀了他！"

几支刺刀刺进黄桂的腹部……

站在一旁的伪军见状，双腿瑟瑟发抖。

杀死了三个农民，涩谷摘下手套，擦拭着沾满鲜血的军刀，然后将手套扔在大黄狗身上，命令站在身旁的日本兵："把三个刁民还有那条狗的头割下来，摆在沙滩上，我要让东山的守军和悍民看看对抗皇军的下场。"

朱九、郑南阳、黄桂还有大黄狗的头颅一字排在沙滩上，一个个"怒目圆睁"。

天空下起了蒙蒙细雨。

涩谷万万没有想到，就在不远处的山腰石洞里，还躲藏着几个躲避飞机轰炸的东山渔民，东山抗战历史学者林定泗的舅舅李秋和也在其中。

李秋和与几个渔民听到沙滩方向传来吵嚷声、吼叫声，悄悄走出石洞，躲在岩石后观察动静。他们惊恐地目睹了日寇令人发指的暴行，见证了三个农民宁死不屈的悲壮一幕。

民国版《东山县志》卷二记载：

农民朱九、郑南阳、黄桂三人在东门屿耕作，不为日伪军利用，被杀。

民国版《东山县志》卷四人物志作了更详细记载：

朱调玉（即朱九）、郑南阳、黄桂等，家住城区。系原苦力工人，因生活穷困，转习耕种，在东门屿垦植。二十八年七月十四日，敌舰攻城不下，迫勒朱等引港，不从，惨遭屠杀。所饲家犬亦被宰割，人、犬头颅并列屿上，可谓惨酷极矣！经县政府呈蒙抚恤。

三个手无寸铁的农民用鲜血和生命，阻止了日伪军的军舰靠近东山岛海岸，迫使日伪军改乘汽艇和帆船登岛。尽管有飞机和舰炮的支援，分乘汽艇和帆船的日伪军在海上却难以形成聚集的突击力量。守岛部队、盐警和保安队、壮丁队利用古城墙、战壕、灌木丛、礁石林做掩护，俟敌船进入射程后，就立即猛烈开火，日伪军的汽艇、帆船成了活靶子，始终靠不了岸。骄横的涩谷不得不下达了撤退的命令。

涩谷站在军舰甲板上，沮丧地望着渐渐远去的东山古城，他忽然看到，古城墙上，站满了持枪的中国军人和手握鱼叉、棍棒的东山百姓，夕阳下，犹如一组组威武的群雕。

涩谷打了个冷颤，冒出一句："索嘎伊（厉害）！"

民国版《东山县志》记述：是役也，我方在军民合作之下，仅凭县城以血肉之躯，与暴敌飞机大炮相周旋者，经三昼夜又一天。树闽南抗战之先声，予暴敌以严重打击。抗战精神实堪矜式。

我和林定泗老师乘船来到东门屿，实地走访了三位农民殉难的地方。

据说，岛和屿的区别在于其面积，大于一平方公里为岛，小于一平方公里为屿。东门屿正好一平方公里，虽然两边都沾，但人们还是习惯称它为屿。所不同的是，今天的东门屿已不再是人迹罕至的岛屿，而成了著名的旅游风景区，与厦门的鼓浪屿、温州的江心屿、台湾台东县的兰屿被并称为"中国四大名屿"。

登上东门屿，只见嶙峋的石礁，天然的洞室，古朴的石塔，洁白的沙滩，苍翠的林木，宛若放大的盘景、缩小的仙境。特别是岛屿上的奇石，有的如展翅飞翔的雄鹰，有的如弯弓射雕的战士，有的如昂首挺胸的哨兵，有的如惟妙惟肖的神兽，吸引着四面八方的游客。

这座离岛，被誉为天然摄影棚。1980年，新中国第一部科幻电影《珊瑚岛上的死光》就拍摄于此。影片里，东门屿成了神秘的"马太博士岛"。《西游记》《海之恋》《八仙过海》等20多部电影、电视剧也曾在东门屿拍摄。

然而，我无心欣赏东门屿旖旎的风光。我和林定泗老师径直来到一段连接着东门屿南北两端，长约200米的条形沙滩。一条防风林带将沙滩分为东西两个部分。这里人迹罕至，相比游人如织的山顶，显得特别僻静。

林定泗老师告诉我，东边的沙滩叫"盐埕后"，直面台湾海峡。西边沙滩叫"大澳底"，面向东山古城。当年朱九、郑南阳、黄桂就是被日伪军杀害于"大澳底"附近。

"大澳底"

七副碗筷

我徘徊在"大澳底"弧形的沙滩上。缓缓的海浪轻轻地涌向洁白的沙滩，仿佛在诉说着并不平静的往事。

我的脑海中，回放着三位农民在这里怒斥敌寇，惨遭杀害的情景。我朝着"大澳底"沙滩深深躬了个躬，默默悼念着三位为保卫家园而殉难的平民英雄。不远处，东明寺传来阵阵悠远的钟声，那是慰藉忠魂的钟声、祈祷和平的钟声。

忽然，我有一个强烈的感觉，三位农民并没有死，而是幻化成东门屿那雄奇的千姿百态的石头，每块石头，都透着刚强的气脉和动人心魄的神韵，这是东山人的气脉和神韵……

日伪军第一次攻打东山，连主岛都没登上就败退了。涩谷垂头丧气地向山本募汇报了兵败过程，自责道："东山之役，涩谷指挥失误，愿接受六佐处置。"

山本募阴沉着脸："涩谷君，你现在需要的不是接受处置，而是接受教训，教训，明白吗。"

"哈依！涩谷明白。"涩谷立正，躬了个九十度的躬。

山本募示意涩谷坐下，缓了缓口气："其实，这次攻打东山岛是一次试探性军事行动。中国有句名言，叫'吃一堑，长一智'，作为帝国军人，我更想听听你接下来攻打东山岛的见解。"

涩谷提起精神："机关长，我研究过了，东山古城，也就是现在的东山县城，是中国守军兵力部署的重点。东山湾尽管有天然良港，但其海域情况复杂，没有引港，军舰很难进入。

我提议，把进攻的重点放在海岛南部，那里防守薄弱，且有宽阔的海湾，利于抢滩登陆。还有，我认为有必要增加攻岛兵力，我们低估岛上军民的战斗意志了。"

山本募点点头："哟西！涩谷君，你的分析和我所掌握的情报并无二致，我完全同意你提出的第二次攻打东山的方案。"

山本募走到军用地图跟前，对黄大伟说："黄司令，我决定对东山岛采取第二次军事行动，登陆地点就放在东山岛东南部的亲营、港口、宫前一带。你派出3个团的兵力，我再抽调200名日本海军陆战队员，组成联合部队，以航空兵和舰炮火力作掩护，一举拿下东山岛。"

黄大伟说："好，我调选三个主力团和皇军组成联合部队攻打东山岛。"

山本募问："那你，认为什么时候攻岛合适？"

黄大伟转动着眼珠："大佐，我提议把攻岛时间放在农历七月半前夕。"

"唔，为什么选择这个时间？"

"据我了解，每年农历七月半，在闽南，包括粤东地区，民间有过普度节的风俗。"

"什么普度节？"

"噢，就是民间祭拜无家可归孤魂野鬼的节日，沿海的渔民特别重视这个节日。普度期间，岛上守军和老百姓肯定会比较松懈，我们选择这时候攻岛更容易得手。"

山本募狞笑着："哟西，祭拜无家可归的孤魂野鬼，有意思。"他翻看了摆在桌上的中国日历，对涩谷说："涩谷君，我命令你，8月23日，也就是中国的农历七月初九，指挥联合部队，兵分两路，从东山岛南部登陆，尽快夺取岛上的西山、虎山两个核心阵地，消灭守军，占领整个东山岛。记住，要速战速决。为了配合这次攻岛作战，我将出动轰炸机群轮番轰炸东山岛守军阵地和城关、西埔两个重镇。我要彻底摧毁岛上军民的战斗意志！"

山本募目露凶光，一拳狠狠砸在桌子上，震得桌面上的茶杯哗啦啦作响。

漳州芝山，第七十五师司令部。师长韩文英召集师参谋长陈应瑞、第二二五旅旅长史克勤紧急磋商。

"自东山岛退敌以来，日军飞机频繁飞抵东山岛上空侦察，大有再次进犯东山之势。你们说，一个孤岛，又没什么资源，这山本募为什么老惦记着呢？"韩文英问道。

陈应瑞说："师座，东山岛虽然面积不大，但也算中国第六大岛，其战略地位十分重要，历来是兵家必争之地。"

韩文英来了兴趣："兵家必争之地？说下去。"

陈应瑞走到军用地图跟前，指着地图说："师座你看，东山岛面向台湾海峡，正好位于厦门岛、金门岛和南澳岛之间，东南海于斯交汇，闽粤地于斯分界。当年，郑成功以厦门岛、金门岛、东山岛、南澳岛作为反清复明的重要基地，由于四岛连成一线，相互照应，扼守住台湾海峡，打破了清军的军事和经济封锁。现在，日寇占领了厦门岛、金门岛、南澳岛、潮汕，这中间就缺了个东山岛。如果再占领东山岛，就能对我东南沿海形成一条完整的封锁链，同时控制住台湾海峡。可见东山岛的战略地位有多么重要。我想，这一点我们看到了，号称'中国通'的山本募不会没看到的。"

史克勤补充道："我完全赞同陈参谋长的分析。东山岛还有一个重要的战略资源，就是海盐，特别是粗粒海盐。据了解，日军每次在沿海地区登陆，都没忘了抢盐。如果日寇占领了东山岛，在东南沿海就有了一个优质海盐生产基地，同样，对我方来说，也就失去一个优质盐的来源。此消彼长，对我军事和民生都将产生不利影响。"

韩文英坐不住了，吩咐史克勤："史旅长，事不宜迟，你立即回去，做好打退敌人进攻东山岛的部署，同时也要做好防范敌人从其他方向来袭的准备。我还想强调一点，我们七十五师既面临南面汕头之敌，还面临着东面厦门之敌，抵御汕头方向之敌主要靠你二二五旅了。"

史克勤说："师座，我明白了。我立刻回去部署。"

史克勤回到设在漳浦的第二二五旅旅部，瞪着东山岛地图看了半天，然后拿笔在西山、老虎山两个地方做了标注。他对驻守东山岛的第四四九团代团长张鹤亭下达了这样的命令：

一、敌如再度来犯东山，能拒其登岸固好，否则即放弃海岸，坚守西山和老虎山各高地，但必须坚守待援；二、县城无险可守，应与楼胜利县长商议，预先速将食粮运出，准备随时撤退；三、敌如登陆，我应坚壁清野，使敌绝粮；四、应与各处民众妥为联系，多派"斥堠"（耳目），俾灵通消息。西山关系到东山全岛安危，东山岛关系整个闽西南海防，至为重要。你团要沉着应战，坚决固守，如擅自放弃西山，即以违令治罪。

东山岛守军不敢懈怠，加紧修筑工事，严阵以待。楼胜利也加紧训练地方团队，并发动民众"坚壁清野"。卫生队、救护队也抓紧做好准备。在民间，一批习武健身保家园的"拳头馆"应运而生，许多村庄成立了抗击日伪军的敢死队。

一场入侵与反入侵的惨烈厮杀即将在东山岛上演。

正当我准备对东山军民抗击日伪军第二次入侵做深入采访时，突然接到二弟从西浦打来的电话："大哥，你交代我了解咱老屋对面那个'破厝筒'的主人找到了，他叫谢元海。当年的'破厝筒'已经盖起新房子，谢元海老人就住在里面呢。"

谢元海老人年事已高，我不能放弃这个机会，立即赶到西浦。

在我家老屋（现在是我二弟一家居住）的大厅，我见到了谢元海老人。其实，打小我就认识他，按辈分我叫他元海叔，记得他老母亲健在的时候，我们都叫她"探石阿婆"。印象中元海叔的家是住在邻街的土地公庙附近，没想到他竟然也是这"破厝筒"的主人。

元海叔今年78岁，双耳已经完全听不到声音了，还好他能识字，于是，由我写一段文字，他大声回答我。我尽量把字写得工整和紧凑，记得在20世纪60年代，元海叔看到县电影院一个抗美援朝故事片的竖写广告时，兴奋地把"奇袭"念成了"大可龙衣"。

采访在一写一答中进行。

我写道："元海叔，听说这'破厝筒'是当年被日本飞机炸毁的，是吗？"

元海叔说："是的。我老母亲活着的时候告诉过我，当时，正在过普度节，日本飞机在咱西埔村扔了好多炸弹，这间'破厝筒'就是那时候被炸毁的。"老人说话特别大声，仿佛担心我也听不着。

我写道："当时有人被炸死在这间房子里吗？"

元海叔的回答让我很意外："没有，当时那家人正好都出去了，幸好屋里没人。"

我写道："那家人？这不就是你们家吗？"

元海叔说："这房子原先不是我们家的。听母亲说，房子原来的主人也姓谢，是探石村人，名字叫什么记不住了。房子被炸后，这家人去南洋谋生，大人小孩都走了，从此再也没有音讯。因为我父母亲也是探石村人，又是姓谢，算是同村本家，于是这家人临走时，我父亲就把'破厝筒'给买下了。"

事情搞清楚了，线索却中断了。可小时候明明听老人们说，在我们这条街上，曾经炸死了一家七口，这到底是怎么回事呢？我想起小时候还听老人们说到当年在土地公庙附近的

七副碗筷

"桥仔头"、"新街"、西埔中兴街附近的"榕树下"也都落了炸弹，会不会惨案就发生在那里呢？于是，我又走访了那附近的几位老人，可都没有得到明确的回答。

我希望随着对东山抗战历史的深入采访，能解开这一谜团，抑或说，解开这一谜团，本身就是我采访的一个内容。

我再次走进了那段峥嵘岁月。

第四章　西山激战

敢死队员扔掉火把，在林马兴带领下，融入夜幕。"天地知我，家人无忧。"一番厮杀，小树林归于寂静，阵亡士兵中，有一位不知去向。涩谷向西山阵地发起最后一次攻击。

1939年8月23日，农历七月初九拂晓，一支由三个团的伪军和200多名日军组成的日伪联合部队，乘多艘军舰向东山岛南部逼近。日军出动14架飞机对东山岛进行一番猛烈轰炸，然后攻岛的日伪军分为两路，一路在亲营、过冬登陆，占领了亲营、冬古、古雷庄、林边、梧龙庙，一路在歧下、港口登陆，占领了港口、陈城。

东山古城水寨大山，恩波寺。第七十五师第四五〇团团部，副团长张润生向东山县保安中队分队长赵贤布置任务："根据初步掌握的情况，这次入侵东山岛的敌军有3000多人，登岛日军把司令部设在陈城祠堂。由于敌我力量悬殊，我们准备采取夜袭方式打击敌人，以迟滞敌人的进攻，为我方增援部队争取时间。为了摸清敌情，你挑选几个熟悉东山地形的

七副碗筷

士兵化装成老百姓，今晚潜入陈城侦察，如果情况属实，让侦察人员埋伏在陈城附近的后姚、北山一带，准备接应夜袭部队。后天，也就是8月25日晚，第七十五师在东山的守军、省保安第九团，加上税警和东山地方团队对陈城的敌军发起夜袭。如果侦察到敌情有变，务必于8月24日晚返回观音山报告，我们另定作战方案。"

赵贤说："张副团长放心，我让保安中队士兵、东山县前何村人何细升当头，再挑两个有侦察经验的北方兵，组成一个侦察小组，今晚就出发前往陈城侦察。"

8月23日晚，何细升和两个北方士兵身着农民服装，消失在夜幕中。

8月24日夜，水寨大山恩波寺。张润生和福建省保安第九团、税警第五警区、东山县地方团队的指挥官们静静等候侦察小组的消息。

张润生掏出怀表，说："按约定，如果发现敌情有变，侦察小组必须于8月24日晚上12时之前回来汇报，现在已经过了12点，进入8月25日凌晨，侦察小组还没有回来。看来敌情没有变化，他们是按约定在后姚、北山等着接应夜袭部队了。我决定，按原定计划行动，于8月25日晚上，组织三个小分队向驻守在陈城的日伪军发起夜袭。"

这回，张润生副团长误判了。

时间回到 8 月 23 日深夜。何细升一行 3 人摸索到陈城村口，先隐蔽在一堵土墙后面仔细观察，村子里除了偶尔传来几声狗吠，没有发现什么异常情况。何细升挥了挥手，3 人猫着腰迅速穿过几条小巷，来到位于村祠堂前大埗的榕树下，只见祠堂周边静悄悄，没有发现一个敌人岗哨，何细升感觉有些不对劲，既然是敌人的司令部，怎么可能不设岗哨呢？他正要招呼同伴停止前进，突然射来一束强烈的探照灯，没等他们反应过来，埋伏在大埗四周的敌人已经端着枪冲到跟前。

祠堂里重新亮起了灯光。特务便衣队司令郑天福冲着涩谷献媚："一切不出所料，涩谷太君真是神机妙算啊！"

涩谷狡黠地转动着眼珠："敌人派出侦察兵到我司令部驻地，必有企图。对这 3 个俘虏要严加审讯，想办法撬开他们的嘴，供出守军的军事部署。还有，封锁整个村庄，对企图出村向守军报送消息的村民一律格杀。"

3 位被俘的守军士兵被剥去上衣，捆绑在三根木桩上。日伪军用刺刀强迫村民在一旁观看。

涩谷走到被俘的守军士兵跟前，说道："你们 3 人是自投罗网，我佩服你们的胆量。我想给你们一次机会，只要你们说出守军兵力部署和上司派你们前来侦察的意图，我立刻放了你们。否则……"涩谷拔出军刀，用手在刀侧轻轻抹了一下，"我只有杀了你们。"

见 3 人一声不吭，涩谷凶相毕露："说还是不说，不说统统死啦死啦地！"

何细升说："小鬼子别废话，老子今天不想活了，快开枪呀！"

"开枪？不，我要让你们慢慢享受死亡的过程，先用刀剖开你们的肚子，然后浇上汽油，把你们活活烧死。"涩谷挥了挥手，一个日本兵拎着一桶汽油放在跟前。

涩谷对绑在木桩上的3人吼叫："我最后再问一遍，说还是不说？"

3人一声不吭，怒视着涩谷。

"八嘎！"涩谷挥起军刀……

村民们悲愤地转过身去。木桩那边传来撕心裂肺的哀嚎。

不知情的夜袭部队按原定计划向陈城进发。一个参加夜袭小分队的老兵回忆：

我们的队伍来到接头地点，找不到接应人，正在迟疑，七十五师的先头部队已经在北山一带与敌人交上火，为了支援他们，大队伍一起涌向前方，一打就打到村里。糟了，村里祠堂一片空荡。知道上当，正要退出，高楼房顶的敌人机枪和手榴弹一起向我们袭来。我方靠着巷墙做掩体退出村，大批日军又包围上来，一场激烈的战斗开始了。由于日军占据了有利地形，加上武器精良，枪炮密集，我们腹背受敌，只能死命反抗，利用田垅沟岸寻找敌人火力弱点突围。怎奈我方伤亡不少，只好且战且退，而日军紧紧咬住不放，非把我方吃掉不可。

日军在陈城设伏得手，遂向西埔和城关逼近。守军和地方武装节节阻击，经过几天反复的拉锯战，敌军占领了东山南部的湖塘、白埕、黄山、赤山、大路口。

张润生决定发动第二波夜袭。这次夜袭行动得到当地民众的有力配合。

8月26日晚，梧龙村84名村民组成敢死队，腰间绑着"脚巾"，一手举着火把，一手握着木棍，在村祠堂前的大埕集聚。熊熊火光映照着村民视死如归的脸庞。

一位年轻的村妇拿着一把祖上留下来的长铳找到敢死队中自己的男人，吩咐道："这是当年阿爸打倭寇的长铳，拿着好好打鬼子。你要是战死了，我为你守寡，把咱孩子抚养成人。下辈子我还做你的女人。"

一位满头白发的老汉提着一把大刀来到儿子跟前，把刀交给儿子："这把刀是先祖跟着戚伯公（戚继光）杀倭寇的。孩子，带上它，多杀几个鬼子，把这伙强盗赶下海去！"

"喊头声"的村民叫林马兴，这位曾经到过乌山为游击队运木炭的小伙子高举着火把，做出征前的动员："乡亲们，日本鬼子用飞机轰炸我们的家园，用水雷封锁我们的海口，用机枪射杀我们出海捕鱼的渔民，还不断派兵侵犯我们东山。有多少人家破人亡，多少人骨肉分离，多少人妻离子散，多少姐妹受到蹂躏。乡亲们，人争一口气，就是一把土，也要有土气啊！我们的先祖打过海盗，打过倭寇，还跟着国姓爷郑成功渡海过台湾打退荷兰侵略军。现在，日本鬼子来到咱家门口了，

七副碗筷

大家说怎么办？"

"杀鬼子！杀鬼子！"

"好，乡亲们，今天晚上，这家仇国恨一起报了。为了父母，为了某团（妻儿），为了兄弟姐妹，为了家园，大家扔掉火把，乘着天黑，和守岛部队一起杀鬼子去！"

敢死队员们扔掉火把，在林马兴带领下，融入夜幕。

这天晚上，海岛南部喊杀声震天，第七十五师第四四九团和福建省保安第九团在东山民众的配合下，一举歼灭日伪军129人，收复了白埕、黄山、赤山、大路口4个村。

张润生留下一支由第七十五师守军和东山县地方团队组成的近百人小分队在黄山一带担负阻击日伪军的任务。这支小分队由保安中队分队长赵贤带领。

涩谷被这次袭击震惊了。他立即联络航空兵向东山岛的守军阵地和村庄实施报复性轰炸。8月27日，农历七月十三，东山城关、西埔及海岛东南部的村庄陷入一片火海。

这时，张润生得到情报，日伪军在海岛南部的港口村设立了前进指挥部。张润生作出一个大胆而冒险的决定，深入敌后，端掉这个指挥部，逼敌自退或迟滞敌人的进攻。

东山的老人回忆，27日晚，张润生组织了一支敢死队，亲自担任敢死队队长。敢死队在城关古城的"旧车头"聚集，每个敢死队队员手里端着一碗米酒，这是慷慨赴死的壮行酒。

张润生举碗领誓："保家卫国，壮士出征。"

队员："保家卫国，壮士出征。"

张润生："血性男儿，杀身成仁。"

队员："血性男儿，杀身成仁。"

张润生："有我无敌，有进无退。"

队员："有我无敌，有进无退。"

张润生："天地知我，家人无忧。"

队员："天地知我，家人无忧。"

最后一句，正是黄道周的绝命书。宣誓完毕，敢死队员们把碗中的米酒一饮而尽，纷纷把空碗摔在地上。

这是一群年仅20岁左右的后生，战火的硝烟并没有抹去他们脸庞上的稚气。这些后生中，有来自东山岛本地的农民子弟、渔家后代，也有远离家乡的"北兵"，他们还准备有一天打回北方老家去，因为那里有离散多年的兄弟姐妹，有心中的恋人，还有衰老的爹娘。

然而，他们再也没有回来。

涩谷吸取了屡遭守军夜袭的教训，把指挥部设在港口村的吴氏宗祠，村外架设了铁丝网，明岗暗哨林立，戒备森严。

敢死队行进至东厝村与港口村接壤的小山坑前，张润生小声叮嘱队员："根据侦察，这个小山坑的左侧设有敌人机枪阵地。大家卧倒，跟着我慢慢爬过这个小山坑，千万不要发出任何响声。记住，没有我的命令，谁也不许开枪。听明白了吗？"

"听明白了。"队员们小声答道。

敢死队队员们跟着张润生小心翼翼地匍匐前进，眼看就要穿越生死线爬过小山坑了，张润生喘了一口气。

就在这时，意想不到的事情发生了，一位年轻的战士因为过于紧张，不小心碰到扳机，一声清脆的枪响，打破了小山坑的寂静。

张润生叫声："不好，暴露了！"

小山坑左侧高地敌人的机枪吐出火舌，密集的子弹雨点似的泼向没有任何掩体的敢死队队员，张润生和几名战士倒在血泊之中。驻守在港口村的日伪军听到枪响，端着枪蜂拥着冲了过来。

队员们知道已无生还的希望，顽强地进行绝地还击，直到射出最后一颗子弹。牺牲的队员个个直面敌人，没有一个是背后中枪的。

这次出征，张润生和他的敢死队队员们本来就没有打算活着回来，但是，让他们死不瞑目的是，没能倒在夜袭敌指挥部的战斗中，反而倒在前往夜袭的路上。

最为惨烈的战斗发生在黄山、西山。

日伪军侦察机发现了在黄山一带担负阻击任务的赵贤小分队。于是，出动了数十架轰炸机对黄山村及附近的村庄进行扫射、轰炸。紧接着，涩谷亲自带着地面部队气势汹汹地向黄山村扑去。赵贤带领部队撤出黄山村，进入村北的小树林隐蔽，伺机袭击敌人。

日伪军进村后，挨家挨户搜查，结果搜查了半天，不见抗日部队踪影。涩谷气急败坏："见鬼，明明空中侦察发现这里有抗日部队活动，怎么突然都蒸发了？"

日伪军便衣队司令郑天福凑上前："太君，这个村子的老百姓肯定知道抗日部队的下落，是不是抓几个来审问？"

"哟西！"涩谷点点头，对站在一旁的日伪军小队长说，"抓几个村民，我亲自审问。"

很快，两个被反绑着双手的村民被押到涩谷跟前。

涩谷走到两个村民跟前，让翻译官在一旁用闽南话翻译道："你们不要害怕，只要说出抗日部队藏在哪里，就立刻放了你们。"

村民说："我们没有看到什么抗日部队，更不知道他们藏在哪里。"

涩谷摆摆手："不，不，说谎的不好。我们已经发现抗日部队在这个村子活动，手上还有武器。只要你们老老实实说出来，就立刻放了你们。"

两个村民一言不发。涩谷拔出军刀，走到其中一个村民跟前，猛地抓住他的头发，使劲摇晃着，然后用军刀割下一把头发，威胁道："你的，说不说？再不说，接下来割的就是你的脑袋。"

村民面无惧色："不知道就是不知道，知道也不会告诉你。你们这帮杀人不眨眼的恶魔、刽子手。"

"八嘎！"面对两个宁死不屈的村民，涩谷想起第一次攻打东山岛时，东门屿3个宁愿死也不肯引航的农民，不由打了个冷颤。他向旁边的日本兵挥了挥手，凶残的鬼子用刺刀扎进两个村民的身体。

根据老人回忆，"俩人口吐鲜血，直到临死前还在痛骂日本鬼子。"

这两个村民名字叫林安然、林革香。

隐藏在村后丛林中的战士们得知日伪军在黄山村的暴行后，义愤填膺："我们本来是要掩护村民的，现在却是村民为掩护我们而被杀害。小鬼子杀了两个村民，肯定不会善罢甘休，找不到我们，必然还会继续残害父老乡亲。与其躲在树林里当缩头乌龟，不如冲出去和鬼子拼了。"

"拼了！冲出去和鬼子拼了！"

赵贤示意大家静下来："弟兄们，大家听我说，现在是敌强我弱，天上有敌人的飞机，地上有敌人的火炮，树林外有敌人的伏兵，白天冲出去只能白白送死，这也正是敌人希望的。我们先耐心隐蔽在这树林里，等天黑了，再向敌人发起突袭。夜间敌机发现不了我们，我们却可以发挥夜战近战的优势，给敌人出其不意的打击。"

入夜，赵贤集中队伍，进行简短地动员："弟兄们，突袭重在出其不意，攻其不备。大家注意隐秘行动，一切听我的命令。记住，我们小分队的任务是尽量拖住敌人，为增援部队争取时间。现在大家跟着我，向乌礁湾出发。"

这支队伍悄悄离开小树林，向盘踞在黄山村附近乌礁湾一带的日伪军营地进发。

乌礁湾，位于东山岛东南部，全长十几公里。退了潮的海滩就像一个巨大的飞机场。赵贤带着部队隐蔽在海岸沙丘后面，仔细观察着敌军宿营地的动静。只见沙滩营地前燃烧着几堆篝火，五六个站岗的日伪军正围在篝火旁吸烟，隐隐约约听到他们说话的声音。

赵贤小声告诉身边的队员："我带上冲锋枪悄悄靠近篝火，先把那几个站岗的敌人哨兵干掉。你们一听到我枪响，立刻冲上去，向还来不及拿枪的敌人发起猛烈袭击。记住，敌众我寡，在给敌人有效杀伤后立即撤退。"说完，赵贤手握汤姆式冲锋枪，跃出沙丘，猫着身快速向海滩逼近。

到了海滩，赵贤侧卧在沙滩上匍匐前进。他慢慢地爬到篝火附近，突然站起来，端着冲锋枪对着站岗的日伪军一阵扫射。

埋伏在沙滩旁边的小分队队员们听到枪响，迅速冲向敌人的宿营地，猛烈开火。

熟睡中的日伪军被打得鬼哭狼嚎。他们做梦也没有想到，白天"蒸发掉"的中国军队竟然从天而降，主动打上门来。

重创日伪军后，赵贤带着小分队迅速撤离海滩。气急败坏的涩谷带着日伪军紧追不舍。小分队利用沙丘灌木丛作掩护，向着黄山小树林方向撤退。

小分队的隐藏地点被敌人发现了。

涩谷调集数倍于守军的兵力包围了小树林，几架敌机对林子进行轮番轰炸，十几名战士倒在血泊中。

轰炸过后，涩谷命令日伪军用扩音器向退守林子里的守军喊话："树林里的守军听着，快快放下武器，走出树林投降，否则，将全部被杀死在树林里。"

树林里，赵贤把还有战斗力的战士集中在一起，声音低沉而坚定："弟兄们，为国捐躯的时候到了。现在树林外全是敌人，突围出去是不可能了。我们决不能向鬼子投降，宁为战死鬼，不做亡国奴。"

"宁为战死鬼，不做亡国奴！"战士们呼应着。

赵贤点点头："好样的！弟兄们，敌人喊话过后，马上就会发起地面攻击，大家不要浪费子弹，等敌人靠近才打。子弹打完了就和鬼子拼刺刀，刺刀断了，就用石头砸、用手掐，用牙咬，就是死也要拉几个鬼子垫背。现在大家进入战斗准备。"

见树林里没有动静，涩谷挥舞着指挥刀，向部队发起攻击命令。日伪军端着刺刀慢慢向小树林逼近。树林里的守军子弹上膛，屏住呼吸，等待着敌人进入林子。

日伪军进入树林后，变换战斗队形，五六人并列为前排进行搜索，五六人并列为后排，作为掩护兼攻击。当小分队战士向前排敌人开火时，前排敌人立即卧倒隐蔽，后排的敌人向暴露目标的守军射击，小分队战士纷纷中弹身亡。

在这危急时刻，在林中的另一个角落，突然出现二三十个村民，手持木棍、锄头、扁担、菜刀，冲向敌军，进行刀棒格斗。他们是附近村庄"拳头馆"的敢死队。这些村民与进入林子的敌人厮杀，然而，他们也在搏斗中全部壮烈牺牲了。

这就是充满血性的东山民众。他们也有妻儿老小，本可以选择躲避战火，打仗的事由军人去做。他们也知道，单凭血肉之躯挡不住敌人的飞机大炮，锄头棍棒敌不过日寇的机枪刺刀，然而，他们却选择了和凶残的敌寇拼杀。他们的英勇行动，震慑了敌人，更激励了守军的杀敌斗志。

村民的突然冲击打乱了敌人的战术编队，小分队乘机从侧面出击，很快就把这几十个鬼子消灭掉了。

狡猾的敌人见进入林子的搜索队有进无出，再也不敢冒进，随即撤出林子"解除包围"。赵贤利用战斗空隙召集队伍清点人数，突然敌人的机群又出现在树林上空，轮番投弹。小分队战士有的在林中隐藏，有的冲出树林。

赵贤见状喊道："不能冲出林子，外面有埋伏。"可已经来不及了，冲出去的战士一个个被埋伏在树林外的日伪军的机枪射中。

经过一番激战，小分队战士弹药耗尽。赵贤带着十几名浑身是伤的战士在树林里与日军进行白刃战，继而肉搏，直到树林重新归于寂静。

"报告中佐，树林里的敌人已经被我军全部消灭。"日军少佐向涩谷报告。

涩谷双手撑着指挥刀，望着硝烟弥漫的小树林说："作为军人，我敬佩这支中国军队顽强的战斗精神。可作为战场上的敌人，我不想留下任何活口。中国有句古语，'送佛送到西'。留下一个小组打扫战场，发现还没死的中国军人统统用刺刀扎死。大部队继续向西埔进发。"

涩谷带着登陆部队向西埔逼近。一会儿，日军少佐报告："中佐，留在黄山小树杯打扫战场的小组遭到伏击，有五个士兵被炸死。"

涩谷瞪大眼睛："什么？你再说一遍。"

"留在黄山小树林打扫战场的小组遭到伏击。"

"见鬼啦！小树林里的守军不是都被歼灭了吗，哪里来的伏击的中国军队？"

"是的，我亲眼看到树林里的中国守军都战死了，不知敌人是从哪里冒出来的。是不是再派……"

涩谷挥了挥手："不能再耗在小树林了，必须赶快占领西埔，攻下西山。"

88岁（1987年）的吴水秋老人回忆，日本鬼子撤走后，黄山村村民自发到树林里寻找牺牲的守军和"拳头馆"敢死队员尸体，看到了这样的悲壮场面：有的紧握枪杆指扣扳机，有的身倚树干死不瞑目，有的在被敌人刺刀刺入腹部时也把刺刀刺进敌人心脏，有的拉响手榴弹与敌人同归于尽……

这次黄山战斗，参战的守军近百名，除了一名士兵的尸体未找到，其余全部阵亡。这位不知去向的士兵名叫许佛水，东山县探石村人，过后也被列入阵亡名单。

关于这位不知去向士兵的去向，我们将在后面讲述。

东山军民同仇敌忾，有力打击了侵略者的嚣张气焰，迟滞了其进攻速度。日伪军从 8 月 23 日登岛，一路受挫，一直到 9 月 1 日才占领了西埔，而西埔距离日伪军登陆的亲营海湾不足 5 公里。日军占领西埔，发现村子里的老百姓几乎跑光了，粮食也都"坚壁清野"了。找不到粮食的涩谷恼羞成怒，下令放火焚烧民房。当天，全村就被烧掉 87 间房子。

朱财茂老人回忆："那年我才 4 个多月大，母亲抱着我'走反'（躲日伪军），到邻县的诏安四都梅州躲避，母亲在'走反'途中摔倒了，我滚到一水沟里，差点被淹死。回来后，我家也被烧成平地。长大后，我听村里的长辈说，当时日本鬼子进村，见家家户户门都锁着，就往窗户、门缝投掷燃烧瓶，房子很快就烧起来了。瞬时，东、西埔火光冲天，一片火海，彻夜不熄。"

第七十五师第四四八团代团长张鹤亭对驻守东山岛 6 个连的兵力做了部署，派出 2 个连守老虎山，自己带领 4 个连死守西山。

获悉日伪军入侵东山岛的消息，第七十五师师长韩文英立即向驻守在漳浦的第二二五旅旅长史克勤下达了驰援东山的命令。

史克勤和参谋长孙有才紧急商议。孙有才分析："二二五旅担负着漳浦、云霄、诏安、东山一线的防务，要防备日军借攻打东山岛，吸引我主力，然后派重兵攻取诏安或漳浦。"

史克勤说："你说得有道理，但东山岛绝对不能丢。我看这样，二二五旅主力仍留在漳浦，我亲自率领两个营驰援东山岛。"

史克勤2个营赶到东山后，将临时司令部设于老虎山，与主阵地西山互为掎角。此时，在东山岛西南部保护盐场的盐务营600名兵士在营长带领下也赶到西山右翼配合守军作战，西山守军军心为之一振。

涩谷通过飞机空中侦察，得知守军主力退守西山，遂将兵力向西山集中。

看着大批日伪军在山下集聚，张鹤亭召集连以上军官做战前部署："看来鬼子对西山是志在必得，而我们必须死守阵地，西山失守，意味着东山岛最后沦陷。看来这里将有一场恶战。按照惯例，鬼子会先向我阵地开炮，并派飞机对我阵地进行扫射轰炸，到时候，全体官兵进入掩体，敌人轰炸过后，各连迅速进入战斗岗位。记住，等敌人步兵进入射程后，听我命令才开枪。"

张鹤亭话音刚落，头顶上就传来飞机的轰鸣声。张鹤亭大声命令："快，全体进入掩体！"

日军14架飞机分批次对西山阵地进行轰炸，密集的迫击炮弹也呼啸着落在阵地上，守军官兵身上盖满炮弹爆炸掀起的尘土，有几位战士消失在血雾中。

一阵铺天盖地的轰炸后，涩谷挥起指挥刀，歇斯底里地吼叫："突击击……"

日伪军分梯队开始轮番向守军阵地进攻。

张鹤亭指挥部队沉着应战，俟敌接近，全体战斗人员向敌人猛烈开火，扔手榴弹，继之跃出战壕，以白刃相接。敌人的轮番进攻被打退了。阵地前留下一片敌军尸体。

血战两昼夜，西山阵地依然在守军手中。但敌机的狂轰滥炸和地面部队的轮番攻击给坚守阵地的官兵也造成很大伤亡。

张鹤亭向第七十五师师长韩文英发电，请求速派飞机助战，可是，始终不见一架飞机前来增援。史克勤旅长在回忆中，也感叹道：自战斗开始，日敌飞机14架，分两批更替轰炸，这一批来，那一批去，无片刻平息。我军在战壕内不能抬头，工事多被炸毁，伤亡惨重。我屡电顾祝同、陈仪请派飞机助战，但始终无一架飞机来。我想，我部如系蒋之嫡系，恐不致如此漠视。

1939年9月3日，西山战斗进入白热化。张鹤亭清点战场人数，发现部队伤亡过半，一个连剩下21人，还有一个连仅剩13人。面对一个个倒在血泊中的士兵，张鹤亭心中充满悲怆。眼看战壕多半被炸毁，无人据守，西山阵地即将丢失，他仰天长叹："飞机，我们的飞机在哪儿啊！"遂即拔枪对着自己的太阳穴，身旁的士兵见了欲上前阻拦，可张鹤亭已经扣下了扳机。

张鹤亭，河南灵宝人，19岁入伍，亡年仅32岁。

战斗过后，士兵们从张鹤亭身上发现一本浸透着鲜血的笔记本，上面有他利用战斗间隙写下的一首诗：

> 敌机滥轰炸，我机何处游？
>
> 壮士志报国，岂惜这颗头。
>
> 国仇与家仇，时时在心头。
>
> 誓捐七尺躯，血随海水流。

从诗中，可以看出当时战斗的残酷惨烈，也表达了张鹤亭对上峰不能派飞机来助战的绝望。

令人惋惜的是，张鹤亭没能再坚持一下。西山阵地并没有失守。

得知张鹤亭代团长开枪自尽的消息，旅长史克勤随即带着部分兵力从老虎山赶到西山，稳住队伍，指挥战斗。他清点了人数和武器弹药，发现守岛部队因伤亡过重，弹药将尽，已很难抵挡敌人的猛烈进攻。

情急之下，史克勤向韩文英发电求援。

韩文英电复：孤军孤岛，抗御强敌，将士浴血，至堪轸念。因厦门敌寇亦蠢蠢欲动，无兵分援，忧心如焚，东山能固守为上策，否则酌量撤退。

显然，韩文英担心如再分兵驰援东山，盘踞在厦门的日军会乘虚而入攻打漳州。东山固然重要，但权衡之下，他只能先保漳州了。

等待援军是不可能了，是守，还是撤？史克勤斟酌着。作为军人，他深知东山岛在敌我双方中的战略地位，东山岛四面环海，一旦落入敌手，要想再夺回来，代价将会很大。再者，守军一旦撤离阵地，必然遭到强敌追杀，最终被敌歼灭，其后果更惨。那么，如果继续坚守呢？现有的弹药只能再打退敌人的一次进攻，再下来，全体将士只能与阵地共存亡了。再从敌人情况看，日伪军自从8月23日登陆，已经12天了，尽管其武器装备精良，又有空中支援，却面临后勤补给不足之虞，停泊在海上的敌舰也面临缺少淡水的问题，这是一场拼时间、拼意志的消耗战，就看谁能坚持到底了。

史克勤决定坚守阵地，和山下的涩谷赌一把。

"旅长，山下的老乡给咱们送茶水饭菜来了。"参谋人员的报告打断史克勤的思索。

史克勤惊喜地看到，几个村民挑着热气腾腾的茶水、饭菜沿着隐秘的山间小道来到了西山阵地，紧接着，地方救护队、担架队也来到西山阵地。

官兵们精神为之一振，多好的东山百姓呐！看到这一感人情景，史克勤更坚定了守住西山阵地的信心。

西山久攻不下，涩谷气急败坏地召集军官一番训斥，开始组织新一轮进攻。军曹进来小声报告："中佐，军舰来电告急，舰上的淡水已经快用完了。还有，登岛部队也面临断粮之虞，军心开始不稳，特别是三个团的'和平救国军'出现厌战情绪。"

"什么，厌战情绪？"涩谷瞪着血红的眼睛。他焦躁地来回踱着脚步，上回攻打东山岛失败，他在山本募大佐面前灰头

七副碗筷

土脸，这回他发誓一定要打下东山岛、占领东山岛。仗打了十几天，就剩下西山、老虎山两个核心阵地没有攻下，他不甘愿再次以失败者的面目回去见山本募，他要用武士道的精神征服这座顽强的海岛。可是，军舰断水，部队断粮，军心不稳，不得不撤。

终于，涩谷停下脚步，命令道："快，抓紧向军舰运送缴获的食盐。"

军曹报告："渔民们把船藏了起来，没来得及藏起来的渔船也都被凿穿了。我们只抢到几条小木船。"

涩谷咬牙切齿："东山的刁民统统是抗日分子，都该死啦死啦地。渔船不够，就用汽艇运，能运多少运多少。"

布置完运盐，涩谷下达了对西山阵地的攻击令："今天晚上12时，集中所有的火炮轰炸西山，把所有的炮弹都给我打光，步兵不分批次，全体出动，向西山发起攻击。"

西山阵地战壕里，史克勤召集军官做着战前的最后动员："敌人已撑不了多久，我们咬着牙要坚持到底，坚持到底就是胜利。现在，收集所有弹药，准备打退敌人下一波的进攻。"

战士们集中了有限的子弹。手榴弹都拧开盖子摆放在战壕上。全体官兵做好了流尽最后一滴血的准备。这是一场敌我双方战斗意志的极限考验。

临近傍晚，西山阵地出现暂时的宁静。史克勤密切注视着山下敌人的动态，他预感到，宁静过后，一场更加惨烈的战斗即将发生。参谋长孙有才报告："旅座，老虎山高地的守军传来消息，敌后有纷乱现象。有民众前来报告，敌军正在由县城向海岸运物资。"

史克勤沉思片刻，说："我判断，敌人是在准备撤退。传令，全体官兵提高警惕，敌人撤退之前很可能会发动最后的攻击。告诉阵地上的战士，要等到敌人来到跟前再打，把所有的手榴弹都扔出去，所有子弹都射出去。"

午夜时分，日伪军的火炮向西山阵地猛烈炮轰，紧接着，步兵在号音下呼喊着向西山主阵地发起冲锋。史克勤一面指挥守军准备迎战，一面吩咐参谋长："传我命令，驻守老虎山的部队立即弃山，会同楼胜利率领的地方团队迅速绕到西山下敌军的屁股后面，狠狠揍他们一顿。记住，要虚张声势，打得越激烈越好，让鬼子以为我们的援军到了，造成其腹背受敌的压力。"

西山阵地，隐蔽在战壕的守军等到敌人来到跟前，几乎同时，将所有的手榴弹投向敌军，然后站起来向敌人猛烈开火。冲在前头的日伪军纷纷倒下，跟在后面的日伪军一下子被打懵了，黑暗中，不敢再往上冲，不顾军官的吆喝，潮水般地退了下去。

打退敌人的进攻，守军已经没有一枚手榴弹，没有一颗子弹了。史克勤下达最后一道命令："全体上刺刀，敌人如再发动冲锋，就和敌人拼刺刀、肉搏。"

军官们掏出身上的烟分给了士兵们。士兵们搂着上了刺刀的步枪，蹲在战壕里，静静地吸着烟。他们意识到，接下来将会发生什么。

史克勤焦虑地望着山下日军阵地，不停地扣动着没有子弹的左轮手枪，喃喃自语着："抄到敌后的部队怎么还没动静呢，赶快开枪呀！"

看到溃退下来的部队，涩谷暴跳如雷，冲着日伪军小队长和日伪军军官吼叫："八嘎，这么快就退下来，刚才再往前冲就占领西山了。天亮之前，再次全体出击，军官都给我冲在前头，谁敢退下来，机枪射击！"

这时，忽然背后传来一阵密集的枪声，郑天福慌慌张张跑过来报告："太……太君，不好啦！敌人的援军到了，在抄……抄我们的后路呢，我们赶快撤吧。"

涩谷瞪着血红的眼睛，咬牙切齿："山上的敌人已经没有子弹，再发动一次冲击就可以拿下西山了。就是撤，我也要把阵地上负隅顽抗的中国守军统统杀光再撤。"

军曹小声报告："中佐，军舰再次来电告急，船上的淡水已经用完了，我们再不撤，船只好先开走了。"

郑天福在一旁说："太君，如果敌人援军到了，我们又没船接应，只能退到海里了。"

涩谷狠狠地把指挥刀插入刀鞘，极不情愿地蹦出一个字："撤！"

第五章　下街惨案

2架日军飞机直扑西门、下街，一颗炸弹穿透朱家大厝屋顶砸向八仙桌。七尸八命。南门湾，一架失去动力的日军运输机摇摇晃晃迫降在沙滩上，飞机驾驶舱突然射出一梭子弹。

日伪军仓皇向海边撤退，慌乱中自相践踏，最后借炮火掩护登舰逃离了东山岛。数百名日伪军被追击的守军生俘。

据守军战后报告：清查战果，西山战斗，共毙敌官兵700余人。从敌尸中发现上校、中校各1人，连长、排长30多人，生俘敌官兵500余人，内有营长1人。而我军亦付出相当代价，自尽殉国代理团长1人，受伤营长2人，阵亡连长2人（娄兰瑞、王捷三）、排长12人、士兵300余人，受伤官兵400余人。其中娄兰瑞连仅剩10人，王捷三连剩18人。盐务营阵亡官兵70余人，受伤官兵百余人。

此役，日伪军以3个团的兵力，在飞机大炮配合下进犯东山岛，守军仅以第四四八团6个连加2个增援营，还有省保安第九团、税警第五警区、东山县地方团队应战，且装备十分简陋，与强敌激战14天，最终把敌人赶下海去。

我方何能以少胜多，以弱克强？史克勤在回忆中写道：东山击敌之所以取得最后胜利，本在有民之助。自战争开始，西口山附近的老百姓即自动组织起来为前线送茶送饭，茶是顶好的武夷茶叶，饭是顶细的大米，菜是鱼肉俱全，我们炊事班等于虚设。我军为百姓安全计，曾加劝阻，但他们仍然继续冒险挑送，其爱国热情：用小竹床扎成担架，深入阵地救护。所以我阵地无留伤员、无留余尸。还有，当地爱国人民及时给我部报告敌情，使我军能够主动制敌。

这一战例，被写进当时福建省教育厅主编的《国民课本教学法》第四十课《军民合作篇》：

在福建南部的一个小岛——东山岛，它是一面靠近云霄，一面靠近和广东交界的诏安，这个东山岛虽然很是贫瘠，但每年产盐的数量极多，而且在地理上，亦是相当的重要。敌人——东洋倭鬼子，屡次想在这里强行登陆，占领东山岛。它知道这个地方的民性很是强悍，民族意识很高，尤其军队和民众都很亲密合作，所以不敢轻易进攻，只有时时利用它的兵舰、飞机，向着东山岛开炮轰击、投弹轰炸。这不单不能动摇我们军民抗战的精神，反而增加了全岛同仇敌忾的决心。民国二十八年的秋天，是八月间的时候，敌人——日本鬼子果然野心勃发，冒险进攻东山岛，它以十艘兵舰，载着八百多倭子兵，并配合着轰炸机九架，滥施轰炸后，即强行登陆。东山岛的军民站在一条战线上，沉着应战，不断地冲杀。激战数日夜，敌人死伤狼藉，全线崩溃，结果都被我们赶下海去。我们东山岛的军队和民众，虽然亦有相当的牺牲，但敌人自经这次惨败的教训以后，再亦不敢不正视伟大庄严的东山岛了……这次打胜仗的原因，就是军民合作的结果。

根据史克勤回忆，打退日伪军第二次进犯后，东山县为抗日阵亡将士召开了庄严肃穆的追悼会，各界民众纷纷献送花圈和挽联，并前来瞻仰鹤亭代团长遗容（时任第七十五师少校参谋赵侯康回忆中把张鹤亭写成在诏安阵亡，我以为应以这场战斗的实际指挥者史克勤的回忆为准）。

东山岛百姓英勇配合守军打击日本侵略者，也付出了巨大牺牲。此次日伪军攻打东山岛，凭借其绝对的控制权，对东山岛进行猛烈地轰炸。"东埔、西埔化为焦土，而城区关帝庙避难所于8月23日被炸尤其惨烈。全县近30个村庄受到轰炸。炸毁民房826间，公共场所18处，民船120只。167人被炸死，186人负伤。港口、白埕等地被抢存盐2万余担"。

当年的亲历者回忆了一幕幕触目惊心的惨景：

1939年8月31日，农历七月十七拂晓，日伪军3架战机和4艘炮艇入侵澳角。一排日军步兵爬上距村一公里的大墩头山，挥动小旗，盘旋在空中的飞机立即俯冲扫射，海上的炮艇也向渔船轰击，停泊在海滩和正在捕鱼的渔船被打得桅折桨断，舷裂船翻，船上的渔民死的死，伤的伤，鲜血染满船板和渔网。村民许秋和、许明富兄弟，还有许秋和的8岁儿子许振春乘一条渔船躲在后江海边避难，被日军飞机发现了，一架日军飞机飞到渔船上空，一阵俯冲扫射，许秋和、许明富两兄弟当场中弹身亡，许振春的左手五指被机枪打断，右手上臂被一颗子弹击中穿透。日伪军飞机炮艇向渔船扫射炮击之后，一股日军步兵杀气腾腾冲向海滩，把手无寸铁的渔民当作活靶子，用机枪扫射，步枪射击，有30多个渔民被射杀，20多个村民受伤。鲜血染红了海滩。

被日伪军飞机机枪打断左手五指的许振春

位于城关澳雅头附近有一个大池塘，池塘旁边架着许多瓜棚，人称澳雅池。平日里，池塘周围一片捣衣声，古城妇女在这里一边洗衣服，一边说着家长里短，煞是热闹。1939年8月27日（农历七月十三）下午，日机对古城进行疯狂轰炸，洗衣服的妇女们吓得纷纷扔下衣服棒槌，躲到瓜棚底下。附近许多老人也慌不择路，跟着躲到瓜棚底下，有的人手中还抱着小孩。一架日本飞机发现了澳雅池里攒动的人群，于是向着池塘俯冲、投弹。

一位从九仙山下来的老兵回忆了当时的惨景："整个澳雅池惨不忍睹，池塘水全是红的，半浮半沉的尸体有的还在流血，多半是妇女、老人和儿童的尸体，把整个池塘铺满了。池塘的周围落着残肢……"

从此以后，澳雅池再也听不到妇女的捣衣声。

入侵东山岛的日伪军，所到之处烧杀抢掠，奸淫妇女，无恶不作。占据陈城的日伪军选择陈城祠堂、顶城较高的房楼为据点，架起机枪向村民肆意扫射，村民四处奔跑，死伤无数。正在陈城祠堂前演戏的戏班见状急忙收场，可还没来得及撤离就被日伪军包围住，女演员受尽日本兽兵的蹂躏。

30多个日本兽兵路过陈城四面佛山下，看到湖仔自然村一位少妇，便蜂拥而上，肆意摧残。这个妇女痛苦地爬着回家，一路血迹。

白埕村在一天中就有47个妇女被日本兵奸污。一个17岁姑娘，被10多个日本兽兵轮奸致死。

官路尾村临产孕妇被日本鬼子强奸后绑在树上，用刺刀捅穿肚子，母子立即毙命。

探石村村民林文广被日本鬼子当作试刀对象，分尸四段抛入池中。白埕村有一个5岁的小孩被活活抛入厕池溺死，其状惨不忍睹，而日本兽兵哈哈大笑。

西埔村一个医生的妻子出门倒水，被四名日本兵撞见，日本兵叫着"花姑娘",端着刺刀向她冲了过来。她惊恐万状,丢下木桶,掉头往家里跑,日本兵一路紧追。婆婆见状,让儿媳妇赶快躲进里屋,然后把门闩上,用整个身体堵住房门。日本兽兵见房门关着,先用枪托撞,见撞不开,就对着房门连开数枪,婆婆背中数弹,倒在血泊中……

在采访中,一位90多岁何姓老人回忆道:"当时,我家住在古城的码头街,记得有一伙日本兵冲进我家,指着水缸,逼着我用水瓢舀水'咪西咪西',等我喝完水,这伙日本兵才往他们随身带的水壶里灌水,而后离去。不一会儿,我听到了一墙之隔的胡家媳妇的哭喊声。我偷偷爬上墙边的梯子,透过墙上的南瓜藤蔓,看见刚才那伙日本兵正拽着胡家媳妇往屋里拖,胡家阿婆上前阻拦,也被拖了进去。屋子里传来婆媳的哀嚎声……"

这是一支邪恶、野蛮、惨无人道的军队。

新加坡星洲南洋东山会馆一份泛黄的特刊引起我的关注,特刊记载了当时发生在东山城关的一起惨案:"城关下街朱糊家被炸一弹,全家七条生命骨肉横飞……"

看了特刊的这段记载,我想起了村里老人们说的被日本飞机炸死的七口人,这之间会不会有什么联系呢?我决心弄清楚惨案的真相。

在县委宣传部的安排下,我走访了家住铜陵(原城关)下街的廖翔云老人。老人今年88岁,思维依然很清晰。当年那颗炸弹就落在他家附近。那年他刚满 7 岁。

老人的回忆，再现了那不堪回首的血腥一幕。

临近"七月半"，古城的百姓正在准备过普度节，这是闽南地区祭拜"无家可归"亡灵的"鬼节"。尽管战争纷乱，人心惶惶，加上为了防止日寇入侵，实行"坚壁清野"，粮食都藏了起来，但以讨海为生的古城人认为，对那些客死他乡、远离亲人的死难者还是要祭拜的，这是一份来自民间的暖意与善良。

就在一天前，朱家媳妇赵绿真腆着大肚子，刚带着 3 岁的儿子朱国栋从澳雅头娘家回到婆家古城下街"侍卫府"大厝准备过节。此时，她的丈夫朱糊正外出到杏陈乡下做柴工。赵绿真没想到才离开娘家一天，弟弟赵开富就找上门来，见面就说："阿姐，阿母让我把国栋带回澳雅头，她老人家又想外孙啦。"

赵绿真笑着对弟弟说，"阿母怎么啦，我昨天刚带着国栋从她那儿回来的，今天让你来接他过去。也好，这会儿正忙着过节呢，就让国栋跟你回去和阿母再住几天吧。"

赵开富背起小国栋说："阿母还说，她急着要抱第二个外孙呢。"

赵绿真一直把他们送到了街口，叮嘱小国栋："乖，跟舅舅到外婆家，阿母过几天再去接你回来。"

"我要吃阿母做的发粿、米糕，还有菜头粿。"小国栋说。

"好的，你要听外婆的话，你喜欢的发粿、米糕、菜头粿，阿母都给你留着。"赵绿真一边为小国栋整理着衣扣，一边笑着说。

赵开富始终记得当时姐姐站在街口挥着手的情景。没想到，这是和姐姐的永别，也正是母亲的这次安排，冥冥之中让小国栋躲过一场劫难。

此时，海岛的东南部，守军和入侵的日伪军正在进行激烈的拉锯战。守军兵分两路反攻，在民众的配合下，收复了白埕、黄山母、赤山、大路口等地。进攻受挫的涩谷恼羞成怒，派出飞机对东山岛进行报复性轰炸。

8月27日上午10时，2架日伪军侦察机飞抵古城西门下街低空盘旋。当时，西门楼是县保安队的驻地，而下街是城关著名的古街，与西门楼紧密相连。

此时，没有"走反"的乡亲们正忙着炊粿做米糕。当听到飞机的轰鸣声时，人们习惯地带上小孩，迅速躲到眠床底下。不一会儿，飞机的轰鸣声渐渐远去，这回，日本飞机并没有扫射投炸弹。

一切恢复了平静，人们松了一口气，纷纷从床底下爬了出来，继续准备着普度节的供品。

下午3时，古城上空又传来飞机的轰鸣声。人们赶紧放下手中的活儿，又带着小孩钻到眠床底下。2架日本飞机直扑西门、下街，呼啸着向下俯冲。这时，有人从远处看到从飞机屁股掉下四颗"黑蛋"（炸弹），一阵山摇地动。这四颗炸弹，一颗落在大商户"福成"的屋顶上，"福成"的屋顶是钢筋水泥浇筑的，被炸了一个大洞，这家人躲在一楼沙包防空室内，虽然当时没有人员伤亡，可第三房媳妇姚玉花禁不起惊吓，卧床不起，两天后就"往生"（过世）了。她是被活活吓死的。第二颗炸弹落在与"福成"相距30米左右的林龙头厝内，所幸这家人外出"走反"，躲过了一劫。第三颗炸弹落在侍卫府埕前，没有爆炸，是一颗哑弹，只是把大埕砸了个窟窿。第四颗炸弹是最致命的，它不偏不倚落在朱家大院后座大厅中。

当时，屋里的人都认为大厅有大梁顶着，比较安全，飞机一来，整个家族的男女老少都躲到大厅八仙桌底下。没想到炸弹穿透屋顶直接砸向八仙桌……

此时，赵开富正背着外甥朱国栋走到城外的后铺山，忽然城里方向传来一声巨响，接着是连续的爆炸声。不一会儿，见到有人边跑边喊："不好了，城内下街着炸弹了，姓朱的大厝倒了，炸死了很多人。"

赵开富顿时吓呆了，怀孕的姐姐、小国栋的母亲赵绿真就在朱家大厝里啊！

当天晚上，朱家的族人，还有下街的邻里乡亲点着火把，连夜清理被埋在瓦砾下的遇难者尸体。人们含泪用双手从废墟中清理出七具血肉模糊的尸体。闻讯赶回的朱糊跪倒在尸体跟前，号啕大哭。经过辨认，死者中有孕妇赵绿真、朱庆全夫妇、朱翁亚梅、朱亚娇、朱巧绿，还有一位前来躲藏的邻居。七具尸体，八条性命！

这一天，是1939年8月27日（农历七月十三），与澳雅池惨案发生在同一天。

廖翔云老人还清楚地记着当时的惨景："人们把清理出的尸体放在卸下的门板上，摆满了整个下街埕。古城的夜晚，寂静得吓人。空气中弥漫着血腥……"

天气炎热，尸体不宜久放。为了避开日寇飞机的轰炸，乡亲们把送葬时间安排在第二天太阳下山以后，安葬地点就选择在城郊的大伯公山下。

那是一个血色的黄昏，一路上，不断有人加入送葬队伍，送葬的人群越聚越多。乡亲们全然不顾日本飞机随时可能的轰炸，默默为遇难者送行，默默地积蓄着为死难者复仇的能量。

就在一天前，这7个普通百姓还在忙着炊粿做米糕准备祭拜"无家可归"的亡灵，而这时候，他们自己却静静躺在荒凉的大伯公山下，成了乡亲们含泪祭拜的亡灵。其中，还有一个尚未出生的宝宝，他还没来得及看到这个世界，就跟随着母亲去了那遥远的天国……

朱国栋站在铜陵镇下街"侍卫府"旧址前控诉日伪军轰炸罪行

我感到一种难以名状的悲愤与沉重。

我想，这触目惊心的下街七尸八命莫非就是小时候听老人们讲述的那场"血光之灾"？同样是一家七口被日本飞机轰炸，同样是发生在1939年农历"七月半"普度节期间。至于地点不同，或许是老人们把城关古城下街的地点误传为西埔的新街了，这完全可能。

我来到南门湾海滩，希望清凉的海风能平复一下我的心绪。和我一起来到南门湾海滩的有东山抗战文集《毅魄长存》的主编陈炳文先生。

南门湾，位于古城东南方向，面向台湾海峡。一弯长长的石堤呈弧形向两边延伸，保护着古城的安全。明洪武二十年（1387），江夏侯周德兴奉朱元璋旨意，到福建沿海修建防倭城池，铜山城为其中之一。修建城池需要石头，此时，这位明朝将军做了一件糊涂事，把南门海湾滩阻挡风浪的一片"乌礁石"打掉作为建城石条。从此，南门湾失去乌礁石的屏障，汹涌的太平洋海浪无情地冲刷海岸，尤其是每年台风来袭，南门一片泽国，百姓流离失所。

民国稿本《东山县志》记载：南门到澳角尾一带，清道光间尚有康庄大道，商店辐辏，民居栉比，有柳家巷、颜家台等，今亦浸为大海，桑田沧海……

东山古城南门和西门之间只剩不到300米。因此，民国名人、乡贤萧笠云曾引民间诗吟："乌礁石破浪翻天，西门南门一水连。玉带石上可垂钓，不是城郊变桑田。"

新中国成立后，县委书记谷文昌带领东山人民修筑了这座海堤，古城人民始得安宁。石堤往东的尽头叫作澳角尾，那里的拐角处连着一条通往关帝庙、风动石的滨海木栈道。而海堤的西南端，则连着南屿。南屿，正是县志记载的渔民陈焯带领民众布设"暗鼎阵"，痛击入侵倭寇的地方。

这是一个盛满故事的海湾。

和东门屿一样，南门湾成了天然摄影棚，电影《左耳》就是在这里拍摄的。我漫步在南门湾长堤上，呼吸着清新的略带咸味的空气。远处，水天一色，波光粼粼，白帆点点。近处，舟楫穿梭，海鸥绕樯樯翱翔。海滩上，号子声此起彼伏，渔民们在进行着传统的拉网作业。长堤的背后，富有海岛特色的民居商铺鳞次栉比，而文公祠、真君宫等几幢燕尾飞檐、古色古香的建筑点缀其间，更显浓郁的闽南风。

微风中，飘来古老的闽南语《行船歌》：欢喜船入港，隔暝（隔夜）随开帆，悲伤来相送，送君行船人……

歌声甜甜的、软软的，带着淡淡的忧伤，带着浓浓的乡愁，诉说着海岛渔家曾经的过往。

此时，传来一串串清脆的欢笑声，只见一群游客正尽情融入迷人的海湾，有的徜徉在沙滩上，低头寻找五颜六色的贝壳；有的做着"头痛""牙痛""腰痛"的动作，拍美照发朋友圈；有的索性脱掉鞋袜、卷起裤脚帮着渔民拉山网；有的则静静地坐在沙滩上，望着大海发呆……

看着眼前欢乐祥和的景象，我的眼眶湿润了。远离战争的和平生活是多么幸福多么珍贵啊！常说时间可以淡化战争的创伤，然而，时间可以抹去对战争苦难的记忆吗？

南门湾海滩

"原先的南门湾海滩比现在宽阔许多，就在这片海滩上，曾经缴获一架日本运输机，还抓获一名日军飞行员呢。"陈炳文先生冷不丁一句话，打断了我的沉思。

"什么，就在这个沙滩上，曾经缴获一架日本运输机，还抓获一名日军飞行员？"我意想不到。

陈炳文先生的讲述，把我带到75年前……

1945年元月2日午后，一架两翼贴有日本膏药旗的军用运输机在东山古城南门湾上空盘旋，飞机越飞越低，日本飞行员几次试图拉升飞行高度都失败了。失去动力的飞机摇摇晃晃迫降在南门湾海滩上。

七副碗筷

看到有日本鬼子的飞机降落在海滩上，在沙坎劳作的农民放下农活，抓起锄头，捕鱼归来的渔民丢下鱼获，抽出船桨，附近的市民操起木棍、菜刀，他们从四面八方冲向日本飞机降落的地方。

东山县自卫中队（原县保安队改编）中士班长孙忠接到民众报告后，带领一个班的士兵迅速赶到现场。此时，海滩上的飞机已被民众团团围住。深受日本飞机轰炸之苦的古城民众胸中燃烧着复仇的火焰。

这时，机舱里飞出一只灰色的鸽子，只见鸽子在空中扑闪着翅膀，然后向厦门方向飞去。具有多年与日寇作战经验的孙忠意识到，这是一只军用信鸽，日本飞行员企图通过信鸽向上司报告飞机迫降的方位地点，请求救援。

自卫中队战士对空鸣枪警告，示意日机飞行员下机缴械投降。可时间一分钟一分钟过去，飞机上没有任何动静。显然，日本飞行员在拖延时间，等待救援，拒不投降。

这时南门湾海滩已是人山人海，愤怒的民众向敌机步步逼近，包围圈在逐渐缩小。密集的民众随时可能遭到日机飞行员短距离射杀，情况万分紧急。

孙忠心急如焚，向乡亲们大声喊话："这里很危险，飞机上的日本鬼子还没有缴械投降，随时可能开枪射击。还有，鬼子飞行员已经放了信鸽通风报信，还会用无线电向其总部报告，一旦联系上，日军肯定会派出飞机来救援，这南门湾海滩无遮无挡，到时候，如敌机俯冲扫射轰炸，后果不堪设想。请乡亲们赶快回去，抓日本飞行员的事就交给我们军人了。"

听了孙忠的喊话，海滩上的民众开始逐渐撤离疏散。孙忠对身边的士兵说："上峰需要活捉日本飞行员，以获取日军情报，我们不宜强攻，但也不能一直僵持下去。这样，你们稍微退后，挡住还留在海滩的民众，避免人员伤亡，我一人先上去。"说着，孙忠提着枪，以军人的动作，向日机尾翼慢慢靠近。

50米、40米、30米、20米、10米……

海滩上顿时安静下来，人们屏住呼吸，视线随着孙忠的身体移动。就在孙忠逼近飞机的时候，飞机驾驶舱突然射出一梭子弹，孙忠应声倒下，鲜血染红了身边的海滩。四周的自卫队员见状立即向日机驾驶舱开枪还击。一位战士在队友掩护下冲到孙忠身旁，蹲下身抱起孙忠。

孙忠用微弱的声音嘱咐着："记住……一定要活捉日本飞行员。我和弟弟阿孝都是……为抗日牺牲的，请……帮助照看……我年迈的父母，还有妻儿……"说着便闭上了眼睛。

天色渐渐暗下来，日机飞行员知道求救无望，便从驾驶舱丢出一把机枪、一把手枪，接着，手里扯着一件白衬衫朝舱外不停摇动着，示意投降。

几个战士冲上机舱，揪出飞行员，用绳子捆绑起来，押往部队驻地。为了不让日机在第二天天亮侦察到运输机降落的痕迹，当晚，县自卫中队官兵在民众配合下，冒着刺骨的寒风，在沙滩边"打鸟寮"（一种用于渔业作业的临时工棚）下方挖个大沙坑，像蚂蚁搬大树一样把日本运输机推到大沙坑内，然后点上汽灯，通宵拆解机体，并把飞机残骸用芦苇掩盖住。

天亮后，果然有两架日军侦察机从厦门方向飞来，在古城上空盘旋，并沿着海岸线进行低空侦察，因找不到目标，只好不情愿地离去。

1945年元月14日，东山自卫中队官兵为孙忠举行简朴的军葬仪式。30名官兵列队跟在孙忠班长灵柩后面，沿途民众纷纷加入送葬队伍。日本飞行员被五花大绑，由全副武装的自卫队士兵押着跟随在送葬队伍后面。一路上，日本飞行员光秃秃的脑袋被妇女们吐满唾液。面对满腔怒火的民众，这位杀死中国军人的日本飞行员终于感觉到了恐惧。

送葬队伍行进到东坑口，士兵们对空鸣枪，为抗日殉难的孙忠班长壮行致哀。军葬仪式结束后，日本飞行员由4名自卫队士兵押解到漳州交由军事机关处置。

我问陈炳文："民国时期不是两丁抽一丁吗，这孙家两兄弟是怎么都去当兵的，他们还有后人吗？"

"孙忠殉难时，儿子刚出生不久，妻子叫刘苏，靠织渔网赚取微薄的收入。而孙孝殉难时还没结婚。"陈炳文说。

"那孙忠的儿子还健在吗？"

"还在，名字叫孙国喜，是原城关粮食复制厂职工，已退休多年，今年都76岁了。"

在铜陵镇政府小会议室，我见到了孙国喜老人。父亲殉难时，他才3个月大，根本记不住父亲的模样。关于父亲的情况，他是后来从母亲还有爷爷孙惠那里听来的。听说要了解父亲和叔叔的情况，孙国喜老人有些激动，虽不善言谈，但还是断断续续还原了当时的情景。

孙家就住在古城石鼓街。明嘉靖年间，为了抵御倭寇入侵，有一条官兵巡逻的路线。这条巡逻的路线，从古城关帝庙附近的驻军官署（现为顶街公园）经过顶街、石鼓街、东坑口、五里亭，沿着海岸一直到梧龙附近的一个小渔村。这条巡逻的路线被称作"官路"，而巡逻终点的小渔村被称作"官路尾"。孙家的祖先作为士兵不仅参加了这条"官路"的巡逻，还参加了抗击倭寇的战斗。

抵御外侮，捍卫家园，是孙氏族人的荣耀，也是孙氏家族的传承。为此，在码头当搬运工的孙惠把生下的两个儿子分别取名为孙忠、孙孝，希望他们长大后为国家尽忠，为父母尽孝。

1939年8月27日（农历七月十三），下街的七尸八命和澳雅池惨案，让孙惠受到极大触动，他下了决心，让两个儿子都去当兵："咱不能上天打飞机，那就在地上打鬼子，为死难的乡亲报仇雪恨！"

关公像前，孙惠让两个儿子焚香立誓。

几个月后，日寇第3次攻打东山岛，孙孝在战斗中牺牲。噩耗传来，孙惠一阵沉默，对孙忠说："国家有难，忠孝难两全。你弟弟走了，记住，这家仇国恨要一起报啊！"

孙忠为抓捕日军飞行员，血洒南门湾。孙惠闻讯后，瘫倒在床上，他老泪纵横，交代儿媳妇："一定要把国喜抚养成人，如果有敌寇入侵，还让他当兵去，保卫我们的家园。"

　　我问陈炳文："孙忠和孙孝安葬在什么地方？"

　　陈炳文告诉我："孙忠和孙孝就长眠在古城的竹枝山下。"他拿出一本《毅魄长存》的书，书中有他撰写的关于东山抗战的文章，并附有孙忠、孙孝兄弟墓碑的照片。

长眠在竹枝山下的孙忠、孙孝兄弟

　　其中，孙忠的墓碑镌刻着：中华民国三十四年一月十四日立　东山兵团自卫中队上士班长孙忠之墓　自卫队全体官兵敬

　　孙孝的墓碑镌刻着：福建省保安处新编第二中队东山抗日殉难将士孙孝之墓　中华民国廿九年二月十五日立

　　一对兄弟，两座坟茔。我的耳际回响起当年那段闽南语抗

日民谣：滚、滚、滚，大家起来打日本，阿兄做先锋，小弟做后盾，打得日本鬼子变作番薯粉……

人们将不会忘记这对在抗日中殉难的兄弟，更不会忘记国难当头，将两个儿子送上抗日战场的孙惠，这位码头搬运工，一位平凡而非凡的父亲。

采访了孙国喜老人，我想起一件事，问陈炳文："孙忠的弟弟孙孝是怎么牺牲的？"

"1940年2月12日到16日，日寇第三次攻打东山，在城郊的龙潭山发生激战，孙忠的弟弟孙孝就是在那场战斗中牺牲的。"陈炳文说。

龙潭山发生激战？我不敢懈怠，对东山军民第3次打退日寇进攻详细过程开展调研。

我来到东山档案馆，详细查阅相关历史资料，并根据掌握的资料线索，开展田野调查。我了解到，这回，日军不是孤立的攻打东山岛，而是一场涉及诏安、东山、海澄三个县的连环军事行动，史称"闽南战役"。

第六章　漳南第一关

　　闽南红三团。漳浦事件。野火烧不尽，春风吹又生。一为祖，二为某，三为田园，四为国土。汾水关，兵家必争之地。日伪军来也匆匆，去也匆匆。

　　1939年11月下旬某日，粤东派遣军司令部作战室。派遣军司令后藤十郎（日军少将，原一〇四师团一三二混成旅团长），华南特务机关长、步兵大佐山本募，汪伪"和平救国军第一集团军"司令黄大伟正在密谋新的军事行动。

　　后藤说："诸位，就在本月中旬，帝国军队由钦州湾登陆，袭攻南宁，发动了桂南战役，战略意图是截断中国西南国际交通线。同时，在广东发动了粤北战役。为呼应桂南、粤北两战役，司令部决定在福建发动闽南战役，占领闽南重要城市漳州，与厦门互为犄角，进而夺取泉州、福州。为实现这一战略意图，我已让山本募机关长准备了作战方案，请山本募机关长具体说明。"

　　山本募走到军用地图前："遵照后藤将军的要求，我准备了Ａ、Ｂ两个作战计划，所谓Ａ计划，就是先攻取闽粤交界的诏安县。诏安号称福建的南大门，与粤东的饶平只隔着汾水关，攻取诏安无须劳师海路，比较快捷。根据掌握的情报，诏安的守军为国民党新编二〇师一个营、第七十五师一个连和一个排，再加上地方的保安中队，防守力量比较薄弱，我军打下汾水关，进入诏安县城只有12公里，突袭容易得手。我们夺取诏安后，即可乘势而上，由云霄、漳浦直取漳州，进而夺取泉州、福州。至于Ｂ计划……"

后藤打断山本募的话："山本君，我看就先实施Ａ计划。不过我要特别提醒二位，应该认真吸取前两次攻打东山岛失利的教训，确保顺利占领诏安。"

黄大伟说："司令官放心，根据Ａ计划，我和山本募大佐一定在军事上作出缜密计划。"

后藤摇了摇头："不，我不只是指军事上。东山岛失利，固然有军事上的原因，还有重要一点，就是东山军民的抗日意志。两次攻打东山岛，竟然没有一个中国军人投降，东山老百姓宁愿死也不愿为我们带路，甚至利用夜袭、巷战，以冷兵器和我攻岛部队短兵相接，造成我攻岛部队大量死伤。这样的地方，我们就是打下来了，也很难守得住啊！"

山本募说："将军，关于这个问题，我已经注意到了。我们事先在诏安秘密培养了亲日力量，为占领诏安后建立亲日政权做好了准备。我们还掌握了一个重要人物……"

后藤问："谁？"

山本募说："这个人叫提乾元，中国江苏东台人，曾两度出任诏安县知事，对诏安的情况非常熟悉。用中国人的话说，这个人是铁杆汉奸。"

后藤不经意地瞟了黄大伟一眼，黄大伟掩饰着尴尬，附和道："这个提乾元对皇军大大地忠诚。"

后藤点点头："嗯，我想请黄司令亲自担任这次军事行动的总指挥，11月底之前务必对诏安发起攻击。还是那句话，要速战速决。记住，我不希望重复东山令人沮丧的故事。"

后藤的最后一句话，是说给黄大伟听的。

黄大伟信誓旦旦："请司令官阁下放心，这次我一定速战速决，拿下诏安。"

后藤脸上勉强堆着笑："哟西！我等着黄司令的好消息。"

黄大伟离开作战室后，后藤沉着脸，问山本募："山本君，你觉得黄大伟这次能拿下诏安吗？"

山本募说："司令官阁下，黄大伟两次攻打东山失利，现在是求胜心切，急于表现。可据我观察，他手下的'和平救国军'都是些贪生怕死之辈，战斗力低下，根本打不了硬仗。"

后藤沉吟道："由于我们的战线过长，部署在华南的兵力有限，出于'以华制华'的战略考虑，现在还必须利用这支部队给我们当炮灰啊。"

山本募说："我明白司令官的意思。现在诏安守军力量薄弱，据我判断，黄大伟的军队在我航空兵炮火支援下，赶在敌方援军到来之前占领诏安应该没问题，可要守住诏安，把诏安作为我们前进的基地并没有十分把握。"

后藤若有所思："嗯，山本君，看来你的Ｂ计划也要做好准备。明白我的意思吗？"

山本募点头道："明白，司令官还有什么吩咐吗？"

后藤沉思片刻，说："我在想一个问题，为什么第七十五师这支国民党杂牌军，当年在'围剿'只有土枪土炮的共产党红军时，老是吃败仗，而今天和我武器精良的帝国军队作战，却表现出非凡的战斗力呢？"

山本募说："司令官阁下，这也是山本在思考的问题。当年国共两党是水火不相容，国民党军队和共产党的红军忙着'围剿'和'反围剿'，现在他们是联合起来，枪口对外。尽管局部时有摩擦，但中共倡导的'停止内战，共同抗日'格局已经形成。中共称为'抗日民族统一战线'。"

"'抗日民族统一战线'，索嘎伊！这么说这场战争倒是把国共从敌人给打成兄弟啦。"

"据我所知，虽然中共在闽南的主要武装力量北上苏皖抗日战场，但其根据地、党组织还在，其影响力就像空气、像电波、像幽灵，到处飘荡，无处不在，对民众，甚至对国民党军队的抗日救亡宣传无孔不入，激发着军民的抗日斗志。这也是我们屡次进攻受到顽强抵抗的重要原因。"

"山本君，你作为华南特务机关长，既要重视战场上的国民党军队，也不能忽视中共这个可怕的幽灵啊！"

"司令官阁下，山本明白。中国有一句成语，叫作'鹬蚌相争，渔翁得利'，要是能多发生几次'漳浦事件'就好了。"

"漳浦事件"，是发生在1937年7月16日，中国工农红军闽南独立第三团（简称闽南红三团）千余人在福建漳浦县城关被国民党第一五七师武装缴械的事件。

闽南红三团是在1932年5月，毛泽东率领中央红军攻克漳州后，派出人员，抽调武器，在闽南游击队原有的基础上帮助建立起来的。

西安事变后，国民党被迫接受中共提出的"停止内战，共同抗日"的主张。1937年6月26日，中共闽粤边区特委派代理书记何鸣与国民党一五七师谈判，签订《政治协定》，将红三团1000余人改编为闽粤边保安独立大队，何鸣为大队长，卢胜为副大队长。队伍改编后，国民党第一五七师借口漳浦为海防前线，要保安独立大队速到漳浦县城集中受训，以便开赴抗日前线。

在此前后，闽西南军政委员会主席张鼎丞曾给何鸣来信，中共南委也派员来闽南，强调"提高警惕，保持政治上独立，部队驻守在基点里，未得中央指示，不得离开根据地"。

但是，深受王明影响的何鸣认为抗战开始了，我军继续在山区里游击，扩大不了影响，要到城市去大干一番事业。

当时，红三团领导对部队是否下山进城出现很大分歧。副团长卢胜和闽粤边特委巡视员朱曼平、漳浦工委书记彭德清等表示反对。何鸣则坚持要把队伍带进漳浦县城。

7月12日，何鸣率部从平和小溪出发，经南胜、五寨、漳浦的象牙庄，于13日抵达漳浦县城。

就在这期间，国民党第四路军总司令余汉谋奉国民党南京当局的密令，以"纪念第四路军成立一周年""慰问驻闽的粤军官兵"的名义，于7月14日从广州专程飞抵漳州，策动第一五七师师长黄涛采取非常措施，消灭闽粤边红军游击队。

黄涛提出用包围缴械的办法解除红军的武装，并确定缴械地点和兵力部署，由驻漳浦的四七一旅为主，通知驻石码的第九四二团赶赴漳浦协助，在漳浦县城大操场实行缴械。

对于国民党当局的阴谋和出现的异常情况，麻痹轻敌的何鸣完全丧失警惕，以为已经签订合作协议，对方不会采取敌对行动，因此没有采取有效措施保护部队。

7月16日上午，第一五七师以点名发饷和整训为名，诱骗独立大队到大操场集合。当部队进入操场集合后，四七一旅参谋主任陈英杰等人走上前来，声称现在国共合作抗日，独立大队要进行训练，目前用不着武器，要独立大队官兵把枪放下。至此，大家已察觉事态有变，立即拉开枪栓，压上子弹，准备决一死战。

第一五七师第九四二团团长陈俊见势不妙，便指着埋伏在操场四周的火力点威胁说："你们看，四周都是我们的部队，枪要不要放下，你们考虑。"

这时全团指战员义愤填膺，怒不可遏。卢胜、王胜等示意何鸣组织武装反击，但何鸣没有同意，并以党纪军纪相要挟，强调大家服从命令，等待党中央来处理，还带头把短枪扔在地上。指战员们见状，只好悲愤地跟着扔下手中的武器。

就这样，在场的闽粤边红军游击队和抗日义勇军近千名指战员被国民党不费一枪一弹地全部缴械了，共被缴去长枪315支，驳壳枪228支，冲锋枪30余支，轻机枪5挺，自动步枪3支，子弹10万多发。这就是国民党当局在抗日战争初期一手制造的"漳浦事件"。

就在同一天，国民党当局还制造了诏安"月港事件"。中共闽粤边特委代理书记张敏在月港村召开云和诏县委扩大会议，以贯彻抗日民族统一战线精神，部署云和诏边区的抗日救亡活动。中午，国民党保安队沈东海部以一个连的兵力，突然包围了月港村，逮捕了张敏和云和诏县委负责人李才炎、张崇等12人。7月20日，这些人全部被杀于良峰山东麓的虎咬巷。

"漳浦事件"的发生，充分暴露了国民党当局在抗战初期一边搞和谈，一边加紧"剿共"的真实面目。同时，也反映了当时的闽粤边特委主要领导人在新的形势下，产生严重麻痹轻敌思想，对国民党只讲联合不讲斗争，一再丧失警惕，终致悲剧发生。

这不仅是闽南党领导的武装斗争史上的一次惨痛教训，也是红军史上的一次悲剧。毛泽东后来曾向全党提到了"何鸣危险(被国民党包围缴械的危险)的警戒",就是指这一事件。

"漳浦事件"后,第一五七师把何鸣、吴金扣留于四七一旅旅部,其余指战员暂时监禁在孔庙内。卢胜、王胜秘密商议潜出孔庙,到漳浦县下布清泉岩重建革命武装。第三连庶务长悄悄塞给卢胜一把小曲九手枪,告诉他,这把手枪是上午放在干粮袋里,挂在墙上被斗笠盖着,没被收缴。

是夜,卢胜带着那把唯一的小曲九手枪,和王胜率领十多名连排骨干翻墙突围出来,从县城泅水渡河到溪南村,又摸黑登上金刚山腰的清泉岩。那里有一座古庙,是游击队进出梁山根据地的道口。随后,先后突围到达清泉岩的战士有100来人。

没有来得及突围的战士,均被严加看管,干部被扣押。

7月17日,何浚、朱曼平等特委领导在漳浦清泉岩召开紧急会议,将冲出来的100多名指战员重新整编,仍称红三团,卢胜为团长兼政委,王胜为参谋长,根据当时情况,将部队编为第一连。同时决定由何浚主持中共闽粤边特委工作,具体委托朱曼平负责,派何浚、尹林平先后到香港向南临委报告事变经过。

中共中央对"漳浦事件"极为重视。毛泽东连续发出多封电报。《中共闽南地方史》披露:

8月底,毛泽东致电给当时负责闽、粤、桂和香港党工作的张云逸,要他立即向余汉谋提出严重抗议,要求国民党当局迅速将何鸣部的人、枪交还。同时强调提出,张鼎丞部与粤军接洽,务须慎重,谨防再上余汉谋的当。根据中央指示,张云逸即与余汉谋交涉，向其抗议，迫使余汉谋表示同意听从上面的安排，愿意合作。9月10日，毛泽东又致电林伯渠，要他转告董必武，湘鄂赣边区与国民党谈判时，必须记取闽粤边何鸣部被袭击的教训，并要博古、叶剑英与国民党谈判时，注意交涉何鸣部的人、枪退还问题。9月14日，毛泽东、张闻天又给博古、叶剑英、周恩来去电，提出各边区统一战线问题，在与国民党谈判时必须坚持原则。并指示周恩来、博古、叶剑英向国民党再次提出要求，要南京政府责令余汉谋退还何鸣部的人和枪，不得缺少一人一枪。9月20日，毛泽东致电博古、叶剑英，询问何鸣部的人、枪归还之事交涉如何。

为了进一步揭露国民党妄图趁国共和谈之机，吞并共产党和红军游击队的阴谋，逼使国民党当局尽早归还何鸣部人、枪，9月30日，毛泽东、张闻天又给博古、叶剑英去电，就与国民党谈判和游击队集中问题的立场、原则向各地游击队发出指示，并重申"在何鸣部人枪没有如数交还以前，不能集中"。10月1日，中共中央书记处在给南方各游击区的指示中，也一再强调"国民党首先把何鸣部人枪交还，经证实具报无误后，方能谈判各游击区问题"。10月15日，毛泽东、张闻天给潘汉年并告博古、叶剑英电中，进一步指示他们向国民党再次提出要将何鸣部人、枪全部交还，并要国民党公开承认错误；同时指示：(一)张鼎丞、何鸣两部在闽粤边原地，为保卫地方反对日寇进攻而战，不移往他处；(二)其他地区游击队待国民党交还何鸣部人、枪，并公开承认错误后，再行商量条件。由于党中央坚持党的正义立场，坚决要求国民党将何鸣部人、枪全部如数归还，迫使国民党南京政府只好同意将何鸣部人、枪归还。10月23日，毛泽东立即给张云逸去电，指示闽粤边何鸣、吴金两部人枪发还后，合编为闽粤边保安独立大队，请告知余汉谋，同时迅速通知闽粤边特委。

经过党中央和闽粤边地方党组织多方严正交涉，排除国民党反动当局的重重干扰，国民党福建省政府才于翌年春归还300多支枪。

重建后的红三团分成五路，奔赴乌山、大芹山、狮头山、梁山等地筹集枪支，解决给养。革命根据地的群众积极捐款捐物，送米送菜，甚至送亲人参军。1937年9月，闽西南军政委员会派谭震林率一个加强排的武装来闽南帮助、指导工作。重建的红三团发展到300多人。乌山、梁山、大芹山游击根据地也得到恢复和发展。

1938年初，红三团在平和坂仔整编成三个战斗连队。之后，奉命到龙岩白土与闽西红军集中，正式编为新四军二支队四团一营。卢胜为四团团长，王胜为参谋长，廖海涛为政治处主任。

1938年3月1日，经过曲折道路，以中央红军为基础建立起来的、有丰富游击战经验、与人民密切联系的闽南红三团，同闽西南、闽东、浙南、赣东北等地区的红军游击队会合在一起，浩浩荡荡奔赴苏皖抗日前线。

可谓：野火烧不尽，春风吹又生。

七副碗筷

红三团奔赴苏皖抗日前线后，闽南党组织在极其艰难的环境中坚持斗争，努力巩固和壮大抗日民族统一战线，发动广大民众支持守军抗击日寇入侵。同时，还要防备国民党顽固派随时可能的"围剿"和暗算。

在漳州中心县委领导下，一批骨干离开老基点，以当教员、开荒种地，甚至给当地人"当儿子"做掩护，隐入群众中，开辟新的支点。

各基层党组织积极参与地方抗敌后援会，利用合法组织，发动民众参加抗日救亡。

中共漳州中心县委创办了《前哨报》，云和诏县委创办了《抗战青年》《刀与笔》《文艺旬刊》《晓角》，平和县委在小溪出版了《抗日画报》《新平和报》，用舆论的力量，激励守军和民众投入抗战。

动员民众是中国共产党人与生俱来的本领。共产党在闽南地区提出了一系列抓住人心的口号，其中流传最广的是："一为祖，二为某（妻），三为田园，四为国土。"

这看似简单的四句话，却把保家与卫国紧密联系在一起了。不论男人和女人，不论识字的还是不识字的，都听得懂，记得住，传得开，极具号召力、感染力。在东山岛，许多民众就是手握冷兵器、喊着这句口号配合守军打鬼子的。

令后藤生畏的"可怕幽灵"在行动。

让我们把视线投向汾水关。

　　汾水关，位于闽粤结合部，其地势向东西两方倾斜，东向水流福建诏安，西向水流广东饶平，成为诏饶之分水岭。

　　此处山岭连绵，峰峦叠嶂，地势险要，雄关高踞，扼闽粤两省咽喉，历来是兵家必争之地。古人曾在关门上题刻"漳南第一关"。

　　1939年11月30日，由黄大伟担任总指挥，以汪伪"和平救国军"新编第五团为第一梯队、警备团为第二梯队，加上150名日军共2000余人，在飞机的空中支援下，从广东澄海出发，气势汹汹扑向诏安。其先遣部队在汉奸提乾元引领下，率先进犯诏安汾水关。国民党新编二〇师一个营的先头部队、第七十五师一个连和一个排，还有地方保安队先后赶到前线应敌。

　　下午2时，汾水关战斗打响。日伪军很快突破汾水关防线，在汾水关附近的松柏岭与中国守军发生战斗。在日伪军猛烈炮火攻击下，守军从汾水关右翼高地撤出，向永茂营方向转移。当晚8时，汾水关落入日伪军控制之中。

　　黄大伟来到立于汾水关上的一座古牌坊跟前，他望着牌坊石横梁，只见横梁的东面镌刻着"功覃闽粤"，西面镌刻着"声震华夷"，不由有些飘飘然，仿佛这是为他而立的。他转身问提乾元："你这个两度的诏安县知事，能说说这古牌坊的来历吗？"

　　提乾元有了显摆的机会，来了精神头："黄司令，这座牌坊是明代崇祯年间，福建、广东官绅士民为褒扬时任南澳副总兵郑芝龙，噢，就是郑成功的父亲所建造的。"

"褒扬郑芝龙什么？"黄大伟问道。

"抵御外侮，抗击荷兰窜扰。"提乾元脱口而出。

黄大伟听了，脸色发青，顿时兴致全无。他转身命令参谋长："立即向汕头的粤东派遣军后藤司令官发报，我部经浴血奋战，已占领汾水关，正在向诏安县城胜利挺进。"

日伪军避开大路，趁着夜色沿九金山一带越过琉璃岭，12月1日清晨到达白厝村，然后分两路，一路向南山，一路向双港，在4架飞机掩护下，以钳形之势，向诏安县城进犯。

日伪军在夺取良峰山后，于12月1日下午2时进入诏安县城。守城部队弃城撤退至四都马厝城一带，县城的居民也纷纷逃往乡下避难。

应该说，日伪军这次攻占诏安，并没有遭遇守军像样的抵抗，真正的战斗发生在对日伪军的反击。

诏安县城陷落后，日军指挥官纵容士兵奸淫掳掠，无恶不作。日本兽兵抓到妇女就地轮奸，连50多岁的老妇、十四五岁的幼女也不能幸免。占领县城后，日军派出飞机低空盘旋示威，向西路、港头、溪东、东沈、仕江、溪南一带村庄疯狂扫射轰炸，滥杀村民。

占领诏安县城，黄大伟非常得意，带着一帮随员在诏安县城周围转悠了一圈，然后召开了一个军政头头参加的会议。他精神头十足："诸位，这次成功占领诏安，是我军事上的重大胜利。后藤司令官特地发来贺电。真可谓是威震……

威震闽粤呀。"

黄大伟本来想引用汾水关古牌坊石横梁上的"功罩闽粤""声震华夷"，可一时又想不起来，就用"威震闽粤"凑上了。

他呷了一口诏安八仙茶，清了清嗓子，接着说："下一步，我们要做好长期占领诏安的打算，同时，以此作为前进基地，北上攻取漳州、泉州、福州。在此，本司令做四方面部署：一、在良峰山、汾水关、县城东溪堤一带构筑防御工事，以抵御第七十五师的反攻。二、准备在诏安开辟军用机场，以支援今后在福建方向的军事行动。三、筹办干部学校，培养本地一批效忠皇军的新建政权骨干。四、抓紧成立'诏安维持会'，也就是诏安县的新政府。由民国十四年在诏安任过知事的提乾元先生担任'县政委员长'。噢，请提乾元先生说说'诏安维持会'的筹备情况。"

提乾元站起来哈了个腰，报告："黄司令，我已挑选本县乡绅沈铭九为'总务科长'、沈迪三为'商会长'、郑邦彦为'公安局长'、沈炳光为'户口清查员'。还有，林升玉、许鉴堂、沈丹九、徐雨苍、陈少阶为'县政委员'，他们都很愿意为'诏安维持会'效力。"

黄大伟得意地点了点头："嗯，很好，今后这福建的'南大门'就成了我们稳固的前进基地了。"

黄大伟长期盘踞诏安的美梦很快就破灭了。

日伪军入侵诏安后，中共诏安地下党学校支部迅速发动诏

七副碗筷

安中学青年学生组成"抗日救国宣传队",深入溪东美营、沈寨、龙坑、军寮一带进行抗日救亡宣传,鼓舞民众抗日斗志,还组织一支由青年学生组成的"战地服务团",准备配合增援部队反攻。

得知诏安县城沦陷,时任福建省政府主席兼二十五集团军总司令陈仪坐不住了,12月2日发出急电:

通报粤东第9集团军总司令吴奇伟派有力一部,攻击澄海、黄冈一带之敌,以断其归路;责成第七十五师驰援,连夜赶往云霄和诏安交界处,迎击敌军;新编二〇师选拔精锐一团,自平和杨梅潭、大溪侧击诏安之敌。

接陈仪电令后,第七十五师师长韩文英由师参谋长陈应瑞、师部中校参谋温桓、少校参谋赵康候随行,率师部直属特务营、炮兵营、工兵营及通信兵连各一部连夜从漳州出发,向南急行,赶赴诏安。第七十五师史克勤二二五旅第四四九团及第四五〇团主力也会同从平和调来的新编二〇师一部迅速驰援诏安。

反攻的前线指挥部就设在诏安四都梅州村。

韩文英一到梅州村,立即集结史克勤旅第四四九团、四五〇团主力,作反攻部署。

韩文英正部署之际,又接陈仪电令:即日反攻,不得畏缩不前。

即日反攻,时间有些仓促。参谋长陈应瑞对韩文英说:"师座,不要管他,我们一定要在部署完毕、炮兵做好射击准备后再开始攻击。敌原以为我没有炮兵，至我炮兵突然发炮，始知我有大部队来援，仓促间无计可采，而我则可打他个措手不及，一战而胜之。"仗着第三战区司令长官顾祝同的信任，陈应瑞并没有把陈仪放在眼里。

韩文英犹豫片刻，下令："抓紧时间部署，特别是炮兵要尽快到位。定于12月7日凌晨发起反攻。"

傍晚，韩文英在参谋人员陪同下，在村头附近转悠。望着诏安湾对面近在咫尺的东山岛，韩文英问身边的参谋："我听说东山县有五都，而这里叫四都，这五都和四都之间到底是什么关系呢？"

熟悉东山的历史沿革的参谋人员报告："师座，东山在历史上曾分别隶属于漳浦、诏安。唐垂拱二年，建漳州怀恩县，东山属之。唐开元二十九年，撤怀恩县，东山并入漳浦县。明洪武二十年，东山置铜山守御千户所，也就是现在的铜山古城。明嘉靖九年，建诏安县时，以铜山城南的大沟头为界，其南边之五都归之，而铜山守御户所仍属漳浦县。清雍正十三年，铜山守御千户所辖境也归诏安县，东山结束两属历史。民国五年，以东山岛及其周边诸小岛和古雷半岛组建东山县，城关就设在铜山古城。东山建县时间虽短，却历史悠久。诏安四都和东山五都只隔着一道窄窄的诏安湾，两地舟船来往密切，说话的口音也很接近。每当日军侵犯东山时，常有东山百姓跑到四都来逃难。由于东山和诏安的历史渊源，至今，东山人还把娶诏安女称为'娶县婆'呢。"

一阵海风吹来，韩文英提了提大衣的领子，望着气势磅礴的乌山，问道："这乌山上的共产党游击队还在活动吗？"

参谋人员答道："还在活动，而且很活跃。民国二十四年，共党派卢胜带领红三团一部在乌山建立了根据地，民国二十六年十月，红三团改称'闽南人民抗日义勇军第三支队'，卢胜任支队长。民国二十七年二月，闽南红三团编为新四军第二支队第四团第一营开往苏皖抗日前线。这支队伍北上后，共产党还在乌山留下游击队，建立支点，发动民众抗日，在闽粤边界还蛮有影响的。"

韩文英对共产党发动抗日救亡的能量早有领教。他清楚记得，1938年5月，在保卫厦门的战斗中，他是第七十五师副师长兼厦门警备司令。当时，中共厦门工委曾派人到前线直接和他取得联系，动员和组织厦门民众支前、救护、慰军、宣传及打击汉奸、维持社会治安。当日军进攻禾山等地时，中共党组织还发动民众加入壮丁义勇队，配合守军阻击日军。厦门沦陷后，中共组织的厦门青年战时服务团转移到漳州，与漳州救亡团体密切合作，分成9个工作队，在漳属各县城乡深入开展抗日救亡宣传活动，还多次到第七十五师守军驻地鼓动官兵坚持抗日。他担任第七十五师师长后，在与潮汕日伪军较量中，更感受到中共发动民众抗日的号召力、影响力。

参谋人员见韩文英一言不发，小声问道："师座，你在想什么？"

韩文英表情有些复杂："共产党游击队就像乌山上的石头，坚硬得很呐！"

12月6日，到达诏安境内的各路援军按部署进入阵地。7日凌晨3时，部队开始反击，经过一番激战，夺回了凤山一带高地。上午8时，史克勤登上凤山岭炮兵阵地指挥，以150毫米口径的重迫击炮和榴弹炮向日伪军阵地猛烈轰击。

第四四九团团长张灵修率领部下进攻诏城东南。

第四五〇团团长金绍文率领部下进攻诏城东北。

新编二〇师张一鸣团进攻诏城西南。

一支部队迅速占据南山，断敌退路，另一支部队向汾水关驻敌发起攻击。

反攻部队得到诏安民众的积极配合，行动迅速。当日午后1时，金绍文、张灵修两个团攻入诏安县城。

数百名日伪军向南山和沿海的宫口、仙塘、含英方向逃遁，窜到了广东大埔、所城、柘林一带，抢渔船、杉木、船板、打谷桶，甚至水缸，企图渡海逃往南澳。结果100多人葬身鱼腹，其余当了俘虏。伪军总参议林知渊在饶平柘林乡被当地民众生擒（据说此人是军统派往汪伪的内线，押解重庆之后，被安排在军统训练班授课，后到兰州任"西北边疆研究室"主任）。

100多名日伪军慌不择路，从诏安宫口、越峰岐岭经四都余甘岭逃到云霄白狗洞，被军民"关起门来打狗"，走投无路而投降。

在张灵修第四四九团追击下，黄大伟、提乾元率领1400余名败兵由汾水关逃窜，溃不成军，仓皇逃回粤东。

诏安城光复后，在民众的强烈要求下，清查逮捕了28名为虎作伥、罪恶累累的汉奸。12月13日，将郑邦彦、沈炳光、许员等12名汉奸斩首示众。诏安县保安大队长沈东海因日伪军进犯县城时率队潜逃，过后也被诱捕枪决。

日伪军这次进犯诏安，可谓来也匆匆，去也匆匆。

第七章　粉碎B计划

东山危急！把鬼子赶下海去。海澄港尾，三个团伪军反正。史克勤做梦也想不到，跟一帮伪军打了几年仗，打来打去，自己竟然当上这支部队的师长。

打退日伪军对诏安的进攻，韩文英洗了个热水澡，听着留声机播放的潮州音乐，对参谋长陈应瑞说："这场仗打得不错，集团军总部也很满意。敌军刚被打退，估计近日不会有战事，我看在诏安休息一天再返回漳州吧。"

陈应瑞提醒道："师座，诏安不可久留。"

韩文英问："为什么？"

陈应瑞说："我总觉得日伪军这次入侵诏安的军事行动不是孤立的，背后可能有更大的企图。我们第七十五师的布防态势是，主力部队集中在漳州、漳浦，其余各县平时只保留少量的正规部队加上当地的保安团，有情况再派部队驰援。现在我们把主力都集中到诏安，漳州防务空虚，这很危险。我提议师部人员尽快返回漳州，第二二五旅直属部队及第四四九团也各回原防，以防不虞。"

韩文英问："那你认为汕头日伪军的下一个目标会是哪里？"

陈应瑞道："这回，山本募这只狐狸是在和我们打迷踪拳，下一个目标是哪里我也说不准。不过有一点我可以肯定，鬼子很快就会有军事行动。"

韩文英觉得这个曾任过黄埔三期队长的参谋长虽然长着张"乌鸦嘴"，可他的建议还是有道理的。于是决定放弃休息，立即返回漳州，史克勤旅的主力也返回漳浦驻防。

得知攻占诏安失败的消息，后藤一脸沮丧，尽管他对这一后果已有准备。他决定启动步兵大佐山本募的B计划。

所谓B计划，就是剑指东山，意夺海澄，占领漳州。先以一部分兵力攻打东山岛。吸引国民党陆军第七十五师主力增援东山，然后，以黄大伟"和平救国军"三个团的兵力为先遣队，从海上一路向北，进入厦门湾，在九龙江口的港尾登陆，攻下海澄，直取漳州。先遣队占领漳州后，以日军两个联队、伪军程万军部的3个团、河南"绥靖军"的3个旅，从惠安登陆夺取泉州。一部兵力在同安、集美登陆，切断漳泉中国守军的联系，并策应泉州方面作战。再以日军2个联队在连江登陆，攻取福州。同时，抽调占领漳泉的伪军，由福清方面侧击福州。

日军粤东派遣军司令部作战室，山本募向黄大伟面授B计划机宜。指出："这个作战方案，环环相扣。选择从海澄港尾登陆，有几个有利条件，一是有金门、厦门做依托，进攻的部

114

队容易得到兵力、火力的支援和弹药物资的补给。二是从海澄港尾登陆，较之诏安、东山，距漳州近许多。根据厦门中村中佐提供的情报，中国军队目前只有第七十五师郭殿荣一个营驻守港尾，还有县保安队一个中队守卓岐和深澳。值得注意的是，在其邻县的龙溪石码驻守着第七十五师的水清浚第四四五团，该团驻守厦门时和我登陆部队交过手，有一定的战斗力。我们动用三个团的兵力，速战速决，拿下海澄，然后乘势夺取漳州。还有一件事……"

"什么事？"黄大伟问道。

山本募两眼露出凶光："三年前，也就是中国人说的民国二十六年，9月3日这一天，帝国的巡洋舰'扶桑'号、轻型驱逐舰'羽风'号、'刈萱'号和'箬竹'型13号舰从金门料罗湾起航，在大担、二担海域执行作战任务时，遭到厦门一侧的胡里山炮台和海澄一侧的屿仔尾镜台山炮台炮弹攻击，'箬竹'型13号舰受到重创，冲滩自救不成，最后沉没在深澳海域。这是我们帝国军人的耻辱。现在，厦门的胡里山炮台虽已被我帝国军队占领，但海澄的屿仔尾镜台山炮台还在中国守军手中。这次攻打海澄，也是一次雪耻之战，捍卫帝国军人荣誉之战。"

黄大伟连连点头，说："我明白了，大佐的这个作战方案，用中国话说就是'声东击西''明修栈道，暗度陈仓'，这回攻打东山岛只不过是一个幌子。"

山本募摆摆手："不，如果说前两次攻打东山岛，担心敌第七十五师主力增援，这次正好相反，要把第七十五师的主力引向东山，吸引得越多越好。从这个意义上说，此次东山之战，是真打，不是假打，而且是一场硬仗、恶战。黄司令，通过吸取前两次攻打东山失利的教训，你认为这仗应该怎么打？"

黄大伟走到军用地图前，瞪着地图煞有介事地看了半天，转身对山本募说："大佐，我们第一次攻打东山岛，是从东门屿海域攻打县城，结果受挫。第二次攻打东山岛，改为从南面登陆，但因为行进受阻，西山又久攻不下，没能速战速决，不得不撤出东山。这回，我想兵分两路，一路从南面的宫前湾登陆，向北推进，占领西埔，一路从东面的三支峰海域攻占东山县城，与南面登陆部队形成钳形之势。这回我要假戏真做，占领整个东山岛。"黄大伟对前两次攻打东山失利依然耿耿于怀。

山本募点点头："嗯，这次攻打东山，就按黄司令的钳形计划实施。记住，能占领东山固然好，但以吸引敌第七十五师兵力为主要目的。同时，抓紧做好进攻海澄、夺取漳州的兵力部署。用中国话说，就是第一个拳头刚收回，第二个拳头就打出去，让对手措手不及，防不胜防。"

黄大伟献媚道："我的'和平救国军'就是大佐说的那两个拳头，这回，一定要拿下漳州城。"

山本募点点头："很好，我和后藤将军随时等候黄司令的好消息。"

黄大伟似乎胜利在握，故作轻松地说："据我所知，漳州的江东鲈鱼很有名，这鱼生长在九龙江出海口的淡咸水结合部，是一种吃鱼的鱼，味道极为鲜美。等打下漳州城，我请大佐一块到九龙江畔品尝江东鲈鱼，怎么样？"

山本募似笑非笑："哟西，到时候，我带上日本清酒，和黄司令一块饮马九龙江，尝鲈江东桥。不过……我好像对漳州另一样东西更感兴趣。"

"什么东西？"黄大伟感到这个"中国通"花花肠子特别多。

"一种药，一种神奇的药。"

"大佐说的是什么药？"黄大伟瞪大眼睛。

山本募眼睛透着诡秘："我给你讲一个故事。1555 年，哦，也就是中国的明嘉靖三十四年，相当于日本丁室时代后期，一位御医因为对朝廷不满而逃离京城，这位御医一路向南，逃到了位于九龙江平原的漳州城，在城东郊的璞山寺出家为僧，法名延候。当时寺中和尚习武成风，舞刀弄棒，难免受伤。这个延候和尚利用宫廷秘法，配制成一种神奇的药，这种药既可外敷又可内服，习武受伤的和尚用此药后，跌打损伤不日痊愈。据了解，这种药，还对治疗刀伤、烧伤、枪伤，以及手术后的消炎镇痛有特别的功效。"

"哦，这神奇的药叫什么？"黄大伟问道。

山本募说："叫'片仔癀'。'片仔'意思是一小片，而'癀'是闽南人对所有炎症的统称。到了民国初年，也就是日本明治四十四年，璞山岩的一名僧人到漳州城东门开了座'馨苑茶庄'，开始专门制造'片仔癀'。如果我们手中有了

'片仔癀'这个神奇的药，将是献给天皇的礼物，也是带给我帝国参战士兵的福音啊！"

黄大伟对这个特务机关长情报搜集如此之细暗暗吃惊："山本大佐，我明白了，占领漳州城后，我立即包围'馨苑茶庄'，把'片仔癀'统统搜出来，如果那个和尚敢抗拒就……"

山本募摆摆手说："不，千万不能杀了那个和尚。我要的不只是'片仔癀'，重要的是要那个掌握'片仔癀'配方和制作方法的和尚。我这个人嘛还是爱惜人才的，我要把这个和尚'保护'到日本。你的·明白吗？"

黄大伟连连点头："大佐，我明白了。"

山本募转身指着军用地图："不过，现在最紧要的还是确保成功实施B计划，实现占领漳州，进而夺取福州的战略意图。首先，东山这一仗一定要打好。至于'片仔癀'嘛，只是我们占领漳州后的战利品。"

1940年2月12日晨，东山岛南部的宫前、过冬海面出现日本军舰。2000多名日伪军在宫前湾登陆。敌军舰卸下主力部队后，对登陆部队以舰炮火力支持。

此时，第七十五师在东山的守军只有第四四九团第一营和地方团队，力量十分薄弱。守军在港口一带海岸奋力抵抗，但在日军的舰炮火力打击下，不得不退出海岸的警戒阵地。

日伪军占领滩头之后不再继续推进，而是大摇大摆抢掠盐场曝晒中的滩盐，似乎有意吸引第七十五师的援军进入东山。

得知日伪军在东山岛登陆，驻闽"绥靖公署"严厉命令韩文英要驱逐此敌，陈仪在电话里对韩文英开骂："你师守军既不能竭力拒止日军在东山登陆，事后又没有急图挽救，竟坐视敌人于阵前任意抢盐，实为军人之耻，法所不容。命令你立即严饬所部将东山之敌驱逐入海，不得再行延误……"

韩文英急令第二二五旅史克勤旅长率第四四九团前往东山增援，务将日军驱逐下海。

史克勤接到韩文英命令后，作出部署：驻守在云霄陈岱的韩定邦营长即率两个连先行渡过八尺门海峡，赶到西埔增援；第四四九团团长张灵修率部从漳浦出发，驰援东山；驻守在东山的第四四九团第一营和地方团队一定要坚守待援，尽可能迟滞敌人的进攻。

史克勤本人也随时准备赶往东山指挥战斗。

参谋长孙有才提醒道："旅座，这次敌人来了三个团，尽管我们派了第四四九团增援东山，在兵力上还是不占优势。"

史克勤说："敌人这次攻打东山岛的三个团，主要来自黄大伟的伪军，日军只占少部分。我们派第四四九团增援，加上守岛部队和地方团队的配合，特别是有东山民众的支持，一定能够把来犯之敌驱逐下海。还有，我担心敌人另有企图，不能把所有兵力都压上啊！"

史克勤对东山的"民之助"印象深刻。

日本军舰在官前湾卸下主力部队，对登陆部队以短时间的舰炮火力支持后，载着1000多名日伪军向靠近城关海域的三支峰方向驶去。

在宫前湾登陆的日伪军抢完盐，遂向陈城、北山、黄山母、白埕进发，直逼西浦。

退出海岸警戒阵地后，第四四九团第一营且战且退，节节阻击来犯之敌，在白埕村外与敌人展开了激战。

白埕，顾名思义，刮风时，白茫茫一片。这里是风沙肆虐之地，布满了流动的沙丘。第一营第三连是全营的尖兵连，他们利用沙丘、土坎和沙生植物为掩体，与敌人周旋、激战。

少尉排长范仲良在战斗中腿部中了枪，血流如注。他让战士给他简单包扎了伤口，继续投入战斗。

天色渐晚，连长接到命令，部队完成白埕阻击任务，退守西埔。连长吩咐一个体格较健壮的战士："快，背上范排长一块撤退。"

范仲良推开蹲下身准备背他的战士，对连长说："我走不动了，背上我只会影响部队的行动。正好，我留下来掩护。撤退的部队不能让敌人从背后咬着打。"

见连长还在犹豫，范仲良急了："连长，鬼子马上就上来了，给我留下两把冲锋枪和几颗手榴弹，你带着弟兄们赶快撤。"

连长给范仲良留下两把子弹上满膛的冲锋枪和十多颗手榴弹，问道："仲良，你有什么交代吗？"

范仲良摇了摇头，说："连长，我是孤儿，父母都被日本鬼子杀害了。"连长愣住了。

见连长还不走，范仲良用手枪指着自己的太阳穴，大声催促道："连长，快走啊！"

连长含着泪，带着队伍迅速向西埔方向撤退。

小沙丘，范仲良进行着一个人的战斗。他隐蔽在沙丘后面，等待敌人靠近，连续扔出几颗手榴弹，借着手榴弹爆炸的烟雾，拖着一支受伤的腿，站了起来，向着敌群扫射。这时，一颗手榴弹在范仲良身边爆炸，他头部中了弹片，被气浪掀倒在地。他从沙中爬了起来，满脸是鲜血和沙土。为了不让自己昏过去，范仲良一边唱着《义勇军进行曲》，一边向敌人开枪射击。

进攻小沙丘的日伪军卧倒在地，向范仲良隐蔽的方位密集投掷手榴弹。一阵爆炸声后，沙丘归于寂静。

在涩谷的吆喝下，几个日伪军端着刺刀冲上了沙丘。日伪军到处寻找，却看不到一个人影。

敌人的脚边，一堆沙土轻轻蠕动着。

突然，一个日伪军惊呼："在这儿，他还活着！"

只见范仲良从沙土的覆盖中坐了起来，拉开最后一颗手榴弹的导火索。一声巨响，几个日伪军应声倒下……

战斗过后，附近的白埕村民在沙丘上找到血肉模糊的范仲良的尸体，就地安葬在沙丘下，并根据他领章背面的记载，在坟茔上立了一块墓碑，上面镌刻着：陆军第七十五师第二二五旅第四四九团第一营第三连少尉排长范仲良　安徽亳县　中华民国廿九年二月□日。

村民们说："范排长从安徽那么远的地方来到我们福建东山打鬼子，真正是战死在沙场。每年清明节，我们都要为他扫墓。"

守岛部队和楼胜利率领的保安队会同韩定邦营长率领的两个连在西埔迎战日伪军。经过一番激战，终因兵力过于悬殊，退至坑内。

13日，日本军舰到达三支峰海面，在舰炮掩护下，1000多名日伪军在东山岛东部登陆，占领铜钵、龙潭山一带制高点，下午5时，攻占城关。

当天，南面登陆之敌也占领了西埔，与东面登陆占领城关之敌成钳形之势。东山危急！

此时，韩文英又接到第二十五集团军总部电令："应迅速驱逐登陆之敌；密切注意厦、金、潮、汕等地敌人动态。"从这封电报看，集团军总部似乎已觉察到日军攻打东山另有所图。

2月14日凌晨4时，第七十五师第二二五旅第四四九团在团长张灵修率领下赶到东山坑内，旅长史克勤也率领援军从陈岱驰援东山，组织反攻。

曾就职于中国第二历史档案馆的陈长河先生在敌伪档案中发现，这时，"侵占东山之敌因伪军发生内讧，呈动摇之势"。对伪军内讧的细节，陈长河在文中没有细说，但说明此时伪军军心不稳，这为后来发生在海澄港尾三个团伪军投诚事件埋下伏笔。

14日深夜，增援部队分兵从坑内、港西、钱岗、城垵向西埔、县城推进。15日晨，西埔收复。各路部队合力向占领县城的敌人发起攻击。

日伪军把兵力集中在城关附近的五里亭、铜钵、城垵、龙潭山一带，企图阻止反攻部队收复县城。

当日，反攻的部队和日伪军在城郊五里亭一带展开激战。援军以城垵的后山为据点，与敌争夺龙潭山高地，战斗进行得十分激烈，"尺土寸地，皆有争夺"。

日军派出4架飞机前来助战，对中国军队阵地进行轰炸扫射，日伪军借机组织反冲击，中国军队一度退入城垵村中，与敌人展开巷战。

城垵村，地处城郊西部，位于康美与城关之间。这是当年高岗山播撒抗日救亡火种的地方。此时，火种燃成烈焰。村民们手持土枪、长矛、鱼叉、菜刀，冲出家门，与敌人展开近距离搏斗。巷战中，敌人的飞机火炮发挥不了作用，而村民手中的土枪、木棍、大刀却派上了用场，进入村子的敌人被大量杀伤。在村民的喊杀声中，进村的敌人魂飞魄散。中国军队士气大振，乘势将敌人逼退到龙潭山。

时近晌午，城垵两个村妇挑着饭菜，冒着敌人的炮火冲向阵地。敌人的子弹雨点似的落在她们身边，激起串串尘土。阵地上的士兵见状，向送饭菜的妇女呼喊："阿嫂，危险，赶快卧倒！"

两位村妇全然不顾士兵的喊话，也不清楚士兵的"卧倒"

是什么意思，挑着饭菜只管往前冲。来到阵地，村妇放下肩上的饭菜，一边用衣襟擦拭着脸上的汗珠，一边气喘吁吁地对官兵说："这米和菜是村里乡亲们一家一户凑起来的，是百家饭呐！兄弟，赶快吃，吃饱了有力气，把鬼子赶下海去。"

官兵们被深深感动了："大嫂放心，我们一定吃得饱饱的，把日本鬼子赶下海去。"

这两位大嫂，正是当年听了高岗山的演讲，发誓如果日本鬼子来了，要"拿竹篙绑菜刀甲伊拼"，还要为打鬼子的士兵送饭、送菜、送烧开水的村妇。她们真的做到了。

此时，第二十一集团军总部得到消息，汕头有敌千余人，正登舰待发，判断该敌有乘隙侵闽或直接增援东山的可能，即电令韩文英、史克勤："东山战斗务于15日薄暮，最迟于当夜结束。"

而汕头的山本募则电令入侵东山的涩谷："务必坚守到2月18日，至少坚守到2月17日当夜。"

2月17日，是日伪军进攻海澄的时间，山本募要把史克勤的第二二五旅拖在东山。

位于城关西郊的龙潭山成了敌我双方争夺的焦点。

日伪军凭借先进武器装备和居高临下的优势死守龙潭山。反攻部队几次冲锋都被打下来了。

指挥所，史克勤和第四四九团团长张灵修紧急商量对策。

"旅座，我四四九团已有两个连迂回到龙潭山南面的铜钵村待命，我想从城垵、铜钵两个方向夹击盘踞龙潭山之敌。"张灵修报告。

史克勤说："我看可以，尽快通知这两个连，一俟正面发起攻击，即从铜钵村南面袭击日伪军侧背。"

张灵修说："现在通信一时联系不上，我想办法找一个熟悉当地情况的老乡到铜钵村向两个连传递命令。为了节省时间，到铜钵村传达命令，必须从敌人机枪阵地前面经过，这是一条生死线。"

史克勤补充说道："得找一个灵活一点的老乡，还有，再派一名士兵担任掩护。"

城垵村一位个子瘦小的李姓村民接受了到铜钵村传递命令的任务，而担任掩护的正是孙忠的弟弟孙孝。

为了分散敌人的注意力，孙孝和村民一前一后保持一定的距离。

张灵修用望远镜紧紧盯着孙孝和村民快速移动的身影。当两人进入龙潭山敌人火力射程时，被敌人发现了，一阵机枪猛烈扫射。村民立即倒卧在地上。张灵修倒吸一口冷气，蹦出一句："坏了！"

令人意想不到的是，敌人机枪射击一停止，这位村民又爬了起来，向前狂奔。敌人机枪又开始射击，村民在田坎中翻滚，卧在田埂下面，机灵地躲过机枪扫射，等敌人机枪停止射击，又爬起来向前狂奔。就这样，这位村民时而卧倒，时而飞跑，和敌人的机枪子弹"躲猫猫"。而孙孝手握冲锋枪，紧随在村民后面。

眼看村民就要冲出敌人机枪的射程了。敌人突然意识到什么，集中火力向村民猛烈射击。村民被密集的子弹压制在一个土坎后面，动弹不得。

时间一分一分过去，张灵修不断看着手表，心中万分着急。

孙孝向村民做着手势，示意自己将吸引敌人火力，掩护他冲出去。然后他站了起来，端着冲锋枪，朝着敌人机枪阵地射击。敌人迅速将火力对准孙孝。

就在这一刹那，村民跃出土坎，向前狂奔，穿过敌人火力封锁线。而孙孝身中数弹，倒在血泊中。他口里吐着鲜血，断断续续地说："阿爸阿母……儿子不能为你们尽孝了……"

他死时，两眼是睁着的。

李姓村民顺利抵达铜钵村，及时传送了夹击敌人的命令。

反攻的部队迅速从戌垵、铜钵两个方向对龙潭山的敌人发起猛烈攻击，日伪军腹背受敌，顿时乱了阵脚。涩谷无奈，只得下令撤出龙潭山，经五里亭退入县城。

日伪军败退之际，仍不忘做一件事——一路抢劫。东山县城"损失不计其数"。

第四四九团和地方团队乘胜追击，攻入县城，敌军向海边溃退，在飞机舰炮掩护下，仓皇登舰逃离，县城遂告克复。

东山第三次抗击日寇，再次显示出"民之助"的力量。

1940年2月18日，国民党重庆《中央日报社》第二版做了这样的报道：

中央社福州十六日电　东山我军包围退集县城之敌，十五日夜分路进击，全军一鼓作气，今晨各路冲入城内，纵横歼杀，敌伏尸累累，大部被我歼灭，残余败敌仅二三百人，登舰逃遁。迄下午二时，东山全岛已无敌踪，按此次登陆敌军数达千余，我军杀敌致果，较上次诏安之役，尤为痛快。

看得出，这篇报道是记者用快笔一气呵成的，也可以感受到，这位记者当时心情是何等的畅快。

心情畅快的不只是写报道的记者。此时，漳州芝山第七十五师司令部，韩文英正得意地欣赏着一块匾额，这块匾额上书写着"韩范风高"四个大字。这是继诏安驱敌之后，东山又传捷报，漳州城各界举行庆祝胜利活动赠给韩文英的。

参谋长陈应瑞闯进来打断韩文英的兴致："师座，据我判断，敌人这次攻打诏安、东山，用的是声东击西之术，企图吸引我主力，然后乘漳州正面空虚，一举攻占之。建议立令在东山的张灵修第四四九团向漳州正面集中布防，第四四五团也放弃沿海据点，赶赴漳州集中待命，以对付敌之突然袭击。"

陈应瑞所说的漳州"正面"指的正是位于厦门湾西侧的海澄。

沉浸在胜利喜悦中的韩文英笑而不答，陈应瑞又复述了一遍自己的建议，韩文英应道："陈参谋长沉着一点，我们不必顾虑太多。"

见韩文英一副不以为然的样子，陈应瑞急了，跑到师部参谋处向参谋们诉说自己的判断和建议，他越说越激动："如果不采纳我的建议，我只好吊颈子啦。"

时任第七十五师师部少校参谋赵康侯在回忆中写道：

当时，我去见韩文英，对他说，参谋长的建议是有道理的，不采纳他的建议，万一敌人真的来袭击，而我未及部署，后果不堪设想。如果采纳他的建议而敌人不来，就算做了一次军事演习也无大碍。经我一说，韩乃首肯。于是急电第四四九团星夜撤至港尾以北地区集结待命，第四四五团即放弃原防地赴港尾以东地区集结待命。将师直属炮兵营置于港尾东北，战时以炮火封锁港尾小港，不让敌舰艇靠近。

第四四九团奉命连夜撤出东山，向漳州急行军。途中，团长张灵修因为过于疲惫，神志恍惚，骑在马上以为坐在床上，向后一倒跌落马后，以致头部负了伤，缠着绷带进漳州城。

这一兵力调动至关重要。

1940年2月17日，农历正月初十，伪军胡耐甫警卫团、陈光锐特务团和张步楼新编步兵团，合计兵力3000多名，由两艘军舰、13艘汽艇运输，入侵海澄港尾。

山本募、黄大伟赶到厦门督战。

登陆的伪军兵分两路。胡耐甫、陈光锐两个团于17日上午由白坑登陆，然后分出小股兵力进犯镇海，主力则向过山后、岭兜、青阳一线进逼，到了青阳，又分一部分兵力沿山坪、山兜迂回南太武山麓，直攻卓歧，并沿海岸绕至王公地古城，扑向港尾。余下的兵力则向省岭集结。

由黄大伟亲信张步楼率领的一个团约1500人，于18日由屿仔尾登陆后，一部进犯石坑，主力则经许厝、店地、白沙，直逼港尾之象山，准备与胡、陈两团港尾会师。

国民党第七十五师驻守港尾的是郭殿荣一个营，郭殿荣一面急电漳州师部求援，一面退据港尾省山，扼防梅峰之间，以待援军。

由于事先作了部署，第七十五师第四四五团、第四四九团从两侧对白坑登陆的伪军胡耐甫警卫团、陈光锐特务团进行夹击。18日晨，驻石码的水清浚团也派出步兵、炮兵各一营赶赴港尾增援，断敌退路。

海澄，曾经留下中央红军东路军的足迹，从这里走出了开国中将苏静，走出了八路军第一二九师第三八六旅政治部主任，参加过平型关战役、在山西武乡县韩壁与日军作战中壮烈牺牲的苏精诚。

伪军在海澄港尾登陆后，中共海澄临时县委立即组织发动民众为守军送茶送饭、当向导，为守军提供登陆伪军动向的情报，潜入伪军驻地散发劝降传单，积极配合守军的军事行动。

率先登陆的胡耐甫、陈光锐两个团很快被守军包围了。而张步楼团从屿仔尾登陆后，经大径一路进至白沙，遭到水清竣团步兵、炮兵的反击，退回屿仔尾，也陷入守军包围之中。

守军一面以包围态势向伪军迂回，不断与之激战，一面以政治攻心策动伪军投诚。

张步楼慌忙向坐镇厦门指挥的黄大伟发电：

黄司令，第七十五师早有防范，我团登陆后遭到炮击重创，现退至屿仔尾，情势危急，请求派舰船接应，撤到厦门。

厦门大学，厦门沦陷后的日军军营。中村急匆匆来到山本募的临时指挥部。

"机关长，这是在厦门、金门、汕头、潮州发现的标语、传单。"中村把一叠不同颜色的纸张放在桌上。

山本募拿起传单一看，只见上面写着：

登陆海澄三团伪军被守军包围，胡耐甫、陈光锐、张步楼三团长派员与守军洽谈投诚事宜。登陆海澄伪军纷纷投诚反正，中国人不打中国人，调转枪口打日寇。集团军正调集重兵，准备迎击厦金增援之敌。

山本募脸色发青，问中村："你怎么看？"

中村说："这些传单是出自中共的地下组织还是国民党的谍报人员，目前还不得而知。很明显，这是在与我们打心理战。其目的是动摇我驰援海澄、夺取漳州的决心。"

"那你认为我们要派兵增援？"

"不，机关长，我认为要十分谨慎。根据我掌握的情况，最近一段时间，黄大伟的部队军心不稳，有一些军官还散布对皇军不满的言论。现在登陆海澄的三个团已被守军包围，投降的可能性不是不存在的。传单的内容虚虚实实，我们不能不防呐！"

山本募点点头："中村中佐，你说得有道理啊！这个黄大伟，成事不足，败事有余，我的B计划毁在他手上了。"

山本募和中村正说着，黄大伟火急火燎冲了进来："山本大佐，我登陆海澄的三个团被包围了，我们得赶快派部队增援呀！"

"增援？不。"

山本募拿起桌上的传单对黄大伟说："黄司令，这是中村中佐送刚送来的在厦门、金门、汕头、潮州发现的传单，你看看上面写着什么？"

黄大伟接过传单一看，说："离间计，这是敌人使用的离间计。目的是动摇我增援海澄、夺取漳州的决心。大佐，咱们可千万不能上当。"

山本募冷冷一笑："哼，离间计，我看过《三国演义》，当年周瑜就玩过'蒋干传书'的离间计把戏，把曹操给糊弄了。我可不是那个愚蠢的曹操。不过，黄司令，据我所知，这段时间，你的部队军心可是有些不稳啊！你敢肯定在被包围的三个团当中，就没有官兵临阵投降、调转枪口的？"

"这……"黄大伟一时语塞。

山本募阴沉着脸："我已经报告后滕司令官，取消这次B行动计划了。"

"取消B行动计划？为什么？"黄大伟瞪大眼睛。

山本募一脸沮丧："这次攻打东山，部队没能坚守到2月

17日，达到拖住敌第七十五师第四四五旅主力的目的，致使该旅得以移师海澄，使我登陆海澄的部队遭遇强敌，战场力量对比发生了变化。可以说，这场战役的败局在东山就已经奠定了。此其一。你的三个团部队登陆海澄后，出师不利，陷入重围，官兵战斗意志严重受挫。这先头部队没能打开局面，站稳脚跟，后续部队再跟进就成了添油战术。如果传单所说部分属实，我是说'部分属实'，投降的部队也调转枪口对准我后续部队，那后果不堪设想。此其二。还有，用兵贵在神速。现在敌人已经发觉我们的意图，加强对漳州的防备。鉴于此，当前，攻占漳州时机已经不存在了。"

一想到自己手下的三个团就这样没了，黄大伟心疼死了："大佐，我们得赶快派军舰把三个团接回来，至少把张步楼团接回来，这个团就在屿仔尾海边。"

山本募沉默片刻，说："可以，立即派出军舰、汽艇前往接应。不过，关键还要看这三个团能不能突围出来。还有，水清浚团配有重炮，要防备人没接回来，却把军舰汽艇给赔上了。"此时，山本募已对黄大伟完全失去信心。

海澄，守军政工人员用大喇叭向陷入重围的伪军喊话："中国人不打中国人""勿为倭寇利用""快快反正杀敌""黄大伟已经丢下你们不管了。投诚反正才是唯一出路。"

在守军的政治攻势下，伪军士气瓦解，无心再战。胡耐甫找陈光锐："兄弟，看来这仗是打不下去了，退又退不了，打又打不了，与其被歼灭或者被俘当作汉奸处置，不如投诚算了。"

陈光锐说："我完全赞同胡团长意见。现在，我们已陷入包围，退路也被切断，别指望黄大伟会来救我们，他要救也是先救亲信张步楼团。什么狗屁Ａ方案、Ｂ方案，我看投诚反正是唯一的方案。不过，这事还得和军官们磋商一下。"

胡耐甫说："也好，大家统一认识，也便于行动。问清楚军官们心里想些什么。"

两人立即召集营以上军官紧急磋商。军官们听说要向守军投诚，纷纷发表意见。

"日本鬼子没把我们当人看，打仗让我们当炮灰，还处处欺压我们，在他们眼里还不如一条狗，我们早就受够了。"

"看鬼子到处烧杀奸掠，我就想起家中的娘亲和姐妹。说什么'和平救国军''曲线救国'，简直是为虎作伥，老子不干了。"

"传单上说得没错，当汉奸只有三个结果，一是战场上被打死；二是撤退下来被鬼子打死；三是等抗战结束后被当汉奸处死。死后还背骂名，家人都跟着受连累。在汕头大本营想投诚还没机会呢，我们赶快乘机反正吧。"

胡耐甫、陈光锐终于下定了决心，于当天下午3时，派出营长、副团长各1人前往水清浚驻地洽谈投诚事宜。5时左右又派出副团长2人、副官1人前往洽降。经协商达成协议，约定当天夜里，胡、陈两人到港尾与水清浚会晤。是日夜1时许，胡、陈举着白旗率部投诚。

19日上午，两团伪军全部开入港尾天主堂大埕集中待命。

黄大伟派出1艘军舰、3艘汽艇驶往屿仔尾，准备接应张步楼团。不想舰艇还没靠岸，即遭到水清浚团炮兵猛烈轰击。黄大伟见势不妙，忙下令军舰、汽艇赶快撤回厦门。

望着渐渐远去的舰艇，张步楼眼里含着浑浊的泪水，他对自己为之卖命的"黄司令"临阵"上屋抽梯"、见死不救深感失望。他命令部队据守天马山，幻想得到胡耐甫、陈光锐两个团支援。后得知胡、陈两团已经投诚，张步楼又熬了两昼夜，终于扛不住，率部向守军投诚。

此次伪军反正，共计官兵3000多人、步枪2800多支、轻重机枪30多挺、迫击炮2门。这在当时福建是一个很轰动的事件。

事后，由营长升任第四四五团副团长的郭荣殿在港尾的梅峰寺内勒碑纪念，并改梅峰寺为"得胜庙"，庙立对联：

得三团反正八闽共赞，胜一筹之算四海同钦。

三个团伪军反正后，海澄县各界民众代表纷纷组织慰问团和救护队往港尾进行宣慰。当慰问团唱起《流亡三部曲》时，反正的士兵纷纷撕下佩带的伪军徽记，高呼"中国人不打中国人""爱祖国，不打内战"等口号。

漳州城，各界民众夹道欢迎得胜归来的守军，也欢迎掉转枪口一致对外的反正伪军。这是民族大义所在。

　　经"报陈仪许可"，再"请准重庆军事委员会"，投诚的伪军被编为陆军暂编第十三师，第二二五旅旅长史克勤升任该师中将师长，调陈应瑞为该师副师长兼参谋长。不久，史、陈率该师前往浙江衢县归入第十集团军战斗序列。

　　陈仪没有想到，第七十五师这支在"围剿"红军中屡吃败战的杂牌军，在闽南抗战中却表现出顽强的战斗力。当然，他无暇探寻这背后的真正原因，只是把这支部队调往福州加强对省城的守护，由新二〇师接防漳州防务。而韩文英也升任一〇〇军副军长。

　　史克勤做梦也想不到，跟一帮伪军打了几年仗，打来打去，自己竟然当上这支部队的师长。

　　山本募也没想到，他周密策划的打东山、攻海澄、占漳州的 B 计划彻底破产了。港尾之战，不仅没能雪"箬竹"13 号舰被中国守军击沉之耻辱，还添写了他"帝国军人生涯"新的耻辱。当然，他盗取中国国宝漳州"片仔癀"秘方的图谋也没能得逞。

　　黄大伟更没想到，非但没能实现和山本募"饮马九龙江，尝鲈江东桥"的愿望，还赔了三个团的主力。此后，黄大伟的"和平救国军"一蹶不振，他的"总司令"一职也被免掉，汪伪政府委他以伪军委会委员虚职。四年以后，1944 年 5 月 31 日，这个铁杆汉奸在上海遭国民党军统特工暗杀毙命。

　　东山、诏安、海澄作战的胜利，是抗日民族统一战线的胜利。在这场战役中，共产党领导的抗日救亡活动，各界民众的同仇敌忾，中国守军的浴血奋战，汇成一股势不可当的抗日洪流，沉重地打击了日本侵略者的气焰，对欲以攻占福建以求摆脱困境的日军和汪伪政权更是当头一棒。同时，也极大地鼓舞、振奋了闽南沿海军民抗日救亡斗志。

这场战役的胜利，见证一个硬道理：兄弟同心，其利断金。

第八章　献　机

查埔俭烟支，查某俭胭脂，拜神俭纸钱，煮饭俭把米，俭俭抗战买飞机，打死矮股日本坏东西。风雨如磐九仙山。

漳州战役胜利之后，历经战火磨难和洗礼的东山民众做了一件当时惊动福建的事情——捐献一架"东山号"飞机，支援抗日。

这事与时任县长楼胜利有关。关于楼胜利，东山民间给他编了一段顺口溜：

楼胜利龟隐隐，带头拿枪打日本。

楼胜利做县官，古雷去买番薯干。

楼胜利人真土，大宫改做警察所。

楼胜利面黄黄，本厅拆去做公园。

楼胜利脑一动，关帝庙跡建公墓。

楼胜利面糖糖，寺庙拿去做学堂。

楼胜利无现款，行宫改做图书馆。

楼胜利做无久，观音亭做县政府。

七副碗筷

东山民众对楼胜利有批评，也有褒扬。在东山民间，流传着不少关于楼胜利的逸闻，比如他严厉整治社会治安，决不手软，但也过于"简单粗暴"，发现有偷鸡摸狗行为，捉住了说枪决就枪决。老人们回忆，楼胜利军人出身，个头不高，有四个护兵，三个是北方人，一个是东山古城顶街人，叫陈阿成。楼胜利经常执着手杖，带着陈阿成遛街串巷，督察民风。有一次，一个警察在"红葫芦"打钓店偶然发现一捆县政府电话线，向楼胜利报告，楼胜利二话不说，立即把嫌疑人陈阿狗（绰号虎狮兴）抓起来一枪给崩了。当然这一崩，再也没人敢偷东西了。

抗战期间，海盗猖獗，经常掠夺渔民财产，甚至在夜间上岸掠夺偏僻的小村庄。楼胜利加强了海上保安力量。有一次，海上保安队捉到四个海盗，楼胜利认为"乱世宜用重典""霹雳手段方显菩萨心肠"。这一"霹雳"，把四个海盗的头给劈掉了。楼胜利让水上警察局的警察把四个人押到一个叫"寮仔井"的地方斩首示众。场面虽然血腥，却也震慑了海盗。

有一回，楼胜利带着护兵遛街时，看到一个小孩儿在路边撒尿，他就用手杖随地画了个圈，罚这个小孩站在圈子里面。等到楼胜利走远了，这个小孩才被家人偷偷牵走。以后，有小孩随地小便，大人就吓唬："楼胜利来了！"还挺管用。

楼胜利反对封建礼教，倡导解除妇女裹小脚，青年妇女留短发、学文化。他还规定不准妇女梳"宫装""凤凰头""燕尾头"，理由是国难当头，还梳什么"宫装""凤凰头"呀！为此，他还专门立了"戒碑"。

楼胜利不仅喜欢立"戒碑"，而且"戒碑"的内容事无巨细。比如，他闻听当地新娘出嫁坐花轿时，轿夫常合伙整新娘，故意慢慢走，而且不停摇晃花轿，造成新娘尿急的尴尬。等伴娘给送了红包，轿夫们才快快走。于是，他严令禁止此类事情发生，而且这道严令也上了"戒碑"。

楼胜利开展破除迷信、反铺张浪费，抓改造寺庙、严禁游神赛会。但他"用力过猛"，把所有寺庙统统都"改造"掉了，还把老百姓家里的佛像集中起来扔到海里或烧掉。其间，他哥哥楼开森从浙江老家到东山，一些乡绅乘机让楼开森劝劝他弟弟，没想到吃饭的时候楼开森刚一开口，楼胜利就气得把桌子给掀翻了。对此，东山百姓颇有怨言，尤其是信奉关公和妈祖的东山渔民更是难以接受，说他"人太土"。

不过东山民众对楼胜利坚决抗日还是肯定的。在他任上，允许共产党宣传抗日的书籍、歌曲进入东山。每次抗击日寇，楼胜利总是手臂扎着白毛巾，带着地方团队冲在前头。他还规定了对临阵退却者、变节投敌者的严厉处罚措施，人称"铁血县长"。有一回，情势危急，史克勤劝他："楼县长还是撤到云霄的陈岱避一避吧。"他答道："我是东山的县长，又不是云霄的县长。"这话传到民间，东山百姓还是很感动的。

楼胜利也重视民生。1940年冬，他查知云霄县粮食调拨不过来，便亲自拟一份措辞强烈的急电上达陈仪："东山不亡于抗战者三，而今竟为饿殍，良所不甘。特电请责令云、浦二县，按规定如期供应粮食，否则，本县将率民绝食。"竟然把"绝食"都搬出来了。楼胜利终于促成云霄大米按时供应东山。他还带人到漳浦古雷买番薯干，并亲自监督发放给饥民。故有"楼胜利做县官，古雷去买番薯干"之说。

这回，楼胜利又做了一件顺应东山民意的事。1941年7月7日，他召集全县各界代表开会，提出"破除迷信，节约献机，支援抗战"的倡议，这个倡议一提出，立即得到东山民众的积极响应。

日本飞机肆意轰炸，给东山军民带来沉重的灾难。

据统计，仅1939年7月到1940年2月，也就是日军三次攻打东山期间，前后出动飞机127批356架次，空投炸弹1361枚，炸死炸伤军民不计其数。

在战场，面对日本飞机来自空中的轮番轰炸扫射，抗日守军没有任何还击之力，多少将士在爆炸声中化成血雾。

在海上，日本飞机把出海的渔船当成了活靶子，肆意扫射，渔船桅折桨断，渔民血染满船板。

而东山岛的村庄，更成了日本飞机报复性轰炸的目标。在日机轰炸中，不知有多少村子变成火海，有多少民房变成废墟，有多少"七尸八命"惨案在发生。

历尽战争苦难的东山百姓多么盼望天空中能出现中国的战机，严惩来犯之敌啊！

很快，东山掀起了捐献飞机打日寇的热潮。而东升小学成了这股热潮的原点。

　　那些日子，每到晚上，城关中山纪念堂前、商会广场四周点着汽灯、火把，集聚大批民众，各个学校轮流演讲并演出抗日救亡节目。

　　当时在延安、在共产党领导下的抗日根据地传唱的抗日救亡歌曲《松花江上》《义勇军进行曲》《黄河大合唱》在福建东南沿海的东山岛上空回响。特别是东升小学的两位老师，高岗山当年的学生，在手风琴伴奏下演唱的《黄河对口曲》深深打动了观众：

　　妻离子散，

　　天各一方，

　　但是，

　　难道我们永远逃亡？

　　你听听吧，这黄河边上两个老乡的对唱。

　　张老三，我问你，

　　你的家乡在哪里？

　　我的家，在山西，

　　过河还有三百里。

　　我问你，在家里，

　　种田还是做生意？

　　拿锄头，耕田地，

　　种的高粱和小米。

　　为什么，到此地，

　　河边流浪受孤凄。

痛心事，莫提起，

家破人亡无消息。

…………

仇和恨，在心里，

奔腾如同黄河水，

黄河边，定主意，

咱们一同打回去，

为国家，当兵去，

从今后，我和你，

一同打回老家去。

在场民众听得激情澎湃、热泪盈眶。尽管松花江、黄河、山西距离东山岛很遥远，但东山人对日寇侵略造成的深重灾难感同身受，对歌曲中表达的爱国情怀息息相通。

很快，这首《黄河对口曲》在东山岛传唱开来。两个人见面，一个先来一段：张老三，我问你，你的家乡在哪里？另一个就回道：我的家，在山西，过河还有三百里。

今天，在东山依然有不少老人会唱这首歌。令人惊讶的是，这歌是从他们的父辈传下来的。

东升小学的老师还自编自导了方言快板：

查埔（男人）俭烟支，

查某（女人）俭胭脂，

拜神俭纸钱，

煮饭俭把米，

俭俭抗战买飞机，

打死矮股日本坏东西……

这段方言快板形象生动，说到民众心坎上，在东山男女老少中口口相传，引起强烈共鸣。而"有钱出钱，有力出力""捐款献机，保家卫国"等口号更是家喻户晓、深入人心。

尽管当时的东山，"秋冬风沙害，春夏苦旱灾，一年四季里，季季都有灾"，再加上日寇的蹂躏、战火的摧残，百姓生活十分艰难，有的甚至靠逃荒、吃野菜度日。但历经苦难的东山百姓一听说要买飞机打日本鬼子，再穷也要把最后一个铜板捐上，实在没钱，就把家中祖上传下来的一点值钱东西抵上。

一位盲人在童子的搀扶下，颤颤巍巍投下身上仅有的20枚铜钱，他说："我的眼睛就是被日本鬼子飞机的炸弹炸瞎的，这20个铜钱虽然少，可积少可以成多。我是多么盼眼睛明亮的后生们开着咱们自己的飞机把日本鬼子赶出中国去呀！"

一位新婚媳妇捐上一对老玉"蚊帐钩"，这是她奶奶的奶奶传下来的。"蚊帐钩"一只刻着"三元"，一只刻着"五子"，意为"三元及第""五子登科"。

这位新婚媳妇顾不得羞涩："整天忙着'走反'，提心吊胆躲日本飞机，都顾不上怀孩子，还及什么第、登什么科呀？还是先把日本鬼子赶走要紧。"

一位阿婆捐上一支年轻出嫁时婆家传给她的银簪，说："我家里值钱的东西就剩下这支银簪了，我今天把它捐出去，买飞机也有我老太婆一份。"

一个小学生端上"钱咕噜"（存钱币的小泥罐），说："这'钱咕噜'里面存着我的零花钱，虽然买不了飞机，但可以买几颗子弹打鬼子。"

古城许多商铺行号的老板也纷纷把做生意的本钱捐上，不打退日本鬼子，命都保不了，还做什么生意。国难当头，"有空"（有钱）的人、"无空"（没钱）的人都站在一块了。

家住后街有位叫卢襟三的，开了一家"盛茂文具店"，做着小本生意。听说捐款买飞机打日本鬼子，竟然没和妻子商量，就把准备典房子和购置文具的本钱总共920元全部给捐了出去。妻子知道后和他吵了一架："没钱典房子，一家人住哪儿呀？没了本钱，这生意还怎么做呀！"

他说服妻子："没钱典房子，咱就先暂时借亲戚的旧房子住。没有本钱购文具，咱就先打工。不把日本鬼子赶走，这文具店也开不成，生意也做不了呀。"

日本投降后，卢襟三重开了文具店，并把"盛茂文具店"改名为"九三文具店"，纪念抗战胜利。

献机活动也牵动着海外游子的心。

抗日战争爆发后，东山旅居新加坡的爱国华侨即刻踊跃投入抗日洪流，1937年9月，新加坡成立了抗日组织"东山励志社"，1938年4月，成立了"南洋东山会馆"。卢沟桥事变，东山在新加坡的爱国华侨积极参加陈嘉庚成立的"南侨筹赈委员会"，踊跃捐款支援祖国抗战。据统计，仅1937年到1940年，新加坡的爱国华侨就先后集资10多万元寄回祖国，用于救助国内抗战伤兵和难民。

此次家乡捐献飞机的消息传到新加坡，"东山励志社"立即发动华侨踊跃捐资。侨领谢联棠、许岳东带着海外赤子的心意，涉海渡洋，携款回家乡支援献机。在东山民众、各界人士和海外华侨的全力支持下，短短两个月，全县就募集了15万元。

1941年10月10日，东山县在古城演武亭举行盛大的献机大会，各界民众捐献的一筐筐袁大头银圆、铜板纸币、金银首饰、蚊帐钩、锡烛台、铜暖炉、铜饭勺堆满主席台。

当时的福建省银行总管理处来函赞扬东山"提倡先声，各地当步后尘，赞襄盛举也"。福建第三行政督公署致电"首创义行，厥功尤伟"。航空委员会、中国航空建设协会总会也来电嘉勉。东山民众捐献的飞机被命名为"东山号"。

一架飞机，或许对当时的抗日战争是微不足道的，但捐机行动本身所体现的东山民众乃至中华民族的抗日意志，及其迸发的力量，则是无比巨大的、不可战胜的。

我想象着，"东山号"加入中国战机编队，飞向蓝天，从"东山号"射出串串复仇的烈焰，击落了一架架来犯的日寇飞机……

东山民众捐机一年以后，楼胜利决定把民国初期的县衙、东山人称为"本厅"的地方拆掉，改建为公园，在公园内建立"东山抗战献机纪念碑"。故有童谣"楼胜利面黄黄，本厅拆去做公园"。

东山抗战献机纪念碑

这座东山抗战献机纪念碑今天还在，为福建省文物保护单位。

在东山县博物馆馆长引领下，我来到位于铜陵镇公园社区的东山抗战献机纪念碑跟前。只见纪念碑为塔式方尖碑形制，设三级台基，碑身分三层，高7.7米，寓意纪念1937年的卢沟桥事变。中层碑体四面镌刻："充实国防""打击日伪""献机先声"。纪念碑背面底座勒有"东山县破除迷信节约献机征募委员会"的碑记。

70多年过去了，纪念碑依然保存完好，只是碑的四周荒草萋萋，偶尔有零星旅游团队前来参观，与不远处香客络绎不绝的关帝庙相比，显得孤寂许多。

馆长告诉我："1972年，这里新建公园小学，有人主张把纪念碑拆掉，以增加操场面积。当时的学校校长林木生坚持，这纪念碑是历史文物，万万不能拆，拆了就无法恢复了。在林木生的据理力争下，纪念碑才得以保留。"

好在林木生校长当年的坚持，否则，今天东山人要多留一份遗憾了。

一篇描写九仙山的文言文吸引了我。

瀛岛古城西北隅，有九仙山，因祀九鲤仙公而名也。山陬有观音亭，里人俗称观音山。山濒海雄踞，岩矗壁立，险巇危隘，云蹬峭峻，古榕攀援，蟀渗"燕泉"。由侧窦曲蹬拾级而上，触目遍布摩刻，丹青流光。花堑抒志以壮山河，碑碣颂功而光海甸。虽嵼岏巨嶂，却沁墨香、涵文韵，乃沧海遗珠也。巅上安石五盘，开玉三函。南崖有洞曰："铜山石室"，窟宠幽迂，香馨俎豆，神霖沐莲洞而流丹际也。北岬危立巨碣，瑶台仙峤，延平王"水操台"是也。登台鉴海，列军水犀，英风捲悟石而曜彩云矣。巅顶座列"长林寺""哪吒庙"，南麓茸复"恩波寺""观音阁"。灵迹迭见、禅心长悬，鹫岭钟鼓、祇园宝树，端是观光参禅之洞天游邸也。

兹山宗龙之经首，高控海湾，守望城池，为兵家争锋之海门要塞也。明初敕建"铜山水寨"，垒营屯师，戈舡巡狩铜海，班兵轮戍台澎，故又称水寨大山。明代以降，海氛难靖，烽燹屡起。戚、施诸将，屯师歼倭，碣石镌赋《横海歌》；郑王延平，驱夷复岛，训师兵演"水操台"；施琅奉敕，三征平台，东麓誓师祭"大宫"。战声直震鲨鲸魄，刀戟横扫魍魉影，蛟砦长筑虎豹关也。

山又曰"少室山"，南陟数百步，有"太室山"，二室互为犄角，为少林山门圣地也。明清易帜，志士啸聚孤悬，斯山藏龙卧虎。南少林志僧，反清谋复明，以图大业也；"长林寺"道宗，聚义"天地会"，共济宏猷也。地与时辟，人与天游，隐显兴仆，正道自沧桑也。

七副碗筷

山又誉曰"抗战圣山"。时值家国罹难，山河破碎。日寇暴嚣，攻陷厦汕。狂轰滥炸鸢屿，三番侵犯孤岛。斯山首当其冲，烽火连天。岩嶂垒成干城阵地，寺庙辟为县衙军帐。……兵民奋击，舍身纾难，碎首取义。三度击退犯敌，寸土不失，岿然完疆也。为庆幸全汤，缅怀勋烈，以"九仙室"修为"抗战纪念亭"……勒碑志之。以壮观瞻、资兴感，期后人永铭不忘，使抗战精神与兹笋岳共垂不朽也。

一山数名，而名出各有所由，皆史乘胜事也。昔刘梦得曰："山不在高，有仙则名。"斯山历经烟雨、屡涌英达，古迹搜集，乃重点文物遗址。名山流芳，巍然于海疆，震闻于南闽。

吸引我的不是文中描写的九仙山胜景，而在其抵御外侮、抗击日寇的内涵。此山曾经是郑成功操练水师的指挥台，施琅攻取澎湖、收复台湾的出征地，抗战期间又成了东山抗战的指挥中心。

风雨如磐的九仙山，承载着太多的历史文化，也承载着东山人抵御外侮的集体记忆。我相信，九仙山一定有我采访的重要线索。我决定造访这座名山。

这一天，风清气朗，天高云淡。我和几位研究东山历史文化的学者一同登临九仙山。九仙山不算太高，但山势挺拔险峻，"虽十仞，具千仞之势矣"。

首先映入眼帘的是恩波寺。日寇第一次攻打东山时，派飞机把东山县政府给炸了，县政府搬到了恩波寺。于是，该寺成了东山抗战指挥部。如今，恩波寺已修葺一新，寺庙暮鼓声声，烟雾缭绕，善男信女，络绎不绝，一派祥和景象。

沿恩波寺右边甬道拾级而上，但见曲径迂回，古榕如盖，峭岩壁立，怪石嶙峋，历代官宦文人的摩崖石刻扑面而来。当我气喘吁吁登完一段陡峭的石阶时，猛然抬头，见一块巨石正刻着"必喘"两个大字。我莞尔一笑，古人在这里幽了我们一默呀！

我顾不得喘，继续向上攀援，来到九仙山西南面的鲤鱼石跟前，只见石上镌刻一首《横海歌》：

　　大国拓疆今最遥，九夷八蛮都来朝；

　　沿海边开几万里，东南地缺天吴骄。

　　圣君御宇不忘危，欲我提师制岛夷；

　　水犀列营若棋布，楼船百丈拥熊罴。

　　春风淡荡海水平，高牙大纛海上行；

　　惊动冯夷与罔象，雪山涌起号长鲸。

　　主人素抱横海志，酾酒临流盟将吏；

　　扬帆直欲捣扶桑（此特指倭寇），万古一朝悉奇事。

　　汪洋一派天水连，指南手握为真诠；

　　浪开坑壑深百仞，须臾耸拔山之巅。

　　左麾右指石可鞭，叱咤风霆动九天；

　　五龙伏鬣空中泣，六鳌垂首水底眠。

　　舟师自古无此盛，军锋所向真无前；

　　…………

七副碗筷

同行的老先生告诉我，明万历三十年（1602），福建南路参将施德政（江苏太仓人），从铜山率师横渡台湾海峡，征剿澎湖倭寇。凯旋后，施德政在水寨大山的军营处酬谢将士，饮酒赋诗，写下这首气势磅礴、豪情万丈的《横海歌》。

我们继续攀援而上，登临郑成功当年的水操台——"瑶台仙峤"。

九仙山水操台

这是九仙山的最高点。从水操台俯瞰东山湾，碧海如镜，岛礁棋布，舟船云集。来自世界各地、满载集装箱的轮船鸣着汽笛，穿梭于海湾。

九仙山下的西门澳、澳雅头、大澳，正处于东山湾内，由于有长长的"古雷头"抵御了太平洋风浪，这里更是风浪不兴，水波不惊。

150

老先生告诉我："西门澳由于隐蔽性好，当年，正是水师战船聚集的地方。与西门澳比邻的澳雅头在明清时就是渔港兼商港，是古丝路在海上的重要节点，今天，成了联通世界的著名海港——东山港。而与澳仔头相连的大澳则是郑成功修造战船的地方。这里有雄厚的造船力量，而且，内地的造船木材能顺着云霄的漳江直接漂进东山湾。"

郑成功、施琅等军事家都选择了东山湾，这是历史的巧合，更是历史的必然。

迎着海风，我想象着当年郑成功站在这水操台，挥动旌旗，擂击战鼓，西门澳战船军旗林立、将士呼声震天的壮观情景。

我明白当年把抗战指挥部设在水寨大山的原因了。

走下"瑶台仙峤"，我们一行来到了九仙山石室。东山军民打退日寇三次进攻后，把奉祀"九鲤湖仙公"的石室改为"抗战纪念亭"，石室门口至今还竖着1941年7月立下的"抗战纪念亭记"石碑。虽然历经70多年风雨，碑文依然清晰。这块石碑见证了抗战期间，东山军民同仇敌忾、保家卫国、浴血奋战的情景。

我问同行的东山抗战历史专家："打退了日寇三次进攻，完成了捐献飞机的壮举，东山的抗战是不是告一段落了？"

专家的回答让我意想不到："不，东山的抗战并没有结束，而是从陆地转到海上。"

从陆地转到海上，东山抗战又揭开新的篇章。

第九章　救　援

　　岵嵝山、苏峰山、大帽山相继进驻了盟军海岸观察站。文公祠来了一个顶街姑娘。科文和宾治驾驶着飞机向日军护卫舰俯冲，扔下最后一颗炸弹。被击中的飞机拖着黑烟，撞向大海。明走八尺门，暗渡屿子头。一门二战时期沉入海底的舰尾高射炮浮出水面。巡航兄弟岛。一封远渡重洋的来信。

　　中国抗日战争的发展进程，正按着毛泽东在《论持久战》中科学预测的三个阶段进行。1943年7月，中国抗日战争进入战略反攻。1944年，共产党领导的八路军、新四军在华北、华中、华南地区，对日伪军相继发起春季攻势和秋季攻势。中国远征军在缅北、滇西也开始反攻作战。在太平洋战场，美军展开对日军的反攻，并逐渐迫近日本本土。日本与南洋的海上交通线已被切断。

　　鬼子的末日快到了。

　　为了挽救败局，日寇垂死挣扎，进行毁灭前的最后疯狂。1944年4月至12月，侵华日军动用12个师团，41万的兵力，发动了豫湘桂战役，即"一号作战"。企图打通中国大陆交通线，通过中国大陆将日本和东南亚、西南太平洋战线连接起来。同时，借此摧毁美国在中国的空军基地，阻止美军对日本本土的轰炸。

在这次战役中，中国损失了7个空军基地和36个机场，与福建相邻的浙江衢州机场也被日寇攻陷。于是，福建的长汀机场和建瓯空军补给基地成为美国陆军第14航空队（陈纳德飞虎队）东南沿海的重要基地。在这里可以起飞B-25轻型轰炸机、野马战斗机。

此时，往返于日本、厦门、金门、汕头之间的日本军舰、运输船愈加频繁，此路线成为日军一条重要的海上交通线。而东山海域正是潮汕与金门、厦门之间日军舰船必经之道。自然，也成了盟军战机经常"关照"的海域。

东山岛再次凸显其在东南沿海特殊的战略地位。在东山海域，经常发生盟军与日军的海空激战。

1945年1月7日上午10时许，一支日军舰队护卫运输船驶过东山海域，盟军得到情报后，立即出动8架战机，轮番对日舰轰炸，炸沉一艘日本军舰，另一艘中弹起火冲滩，还有一艘行至汕头海面也被盟军飞机炸沉。

盟军战机的频频攻击，致使途经东山海域的日本军舰损失惨重。然而，盟军也为此付出代价，常有飞机被日本军舰击落。

东山渔民曾于1945年3月到4月，先后在东山海面捞起

七副碗筷

三具盟军飞行员尸体，东安善堂的义工把尸体安葬于东山城关五里亭抗战阵亡烈士公墓。1946年，盟军飞行员遗骸被运回美国故土安葬。原始档案《抗战期间盟军战机历次在福建省内迫降及航员救出或牺牲经过处理一览表》作如下记载：

三十四年（1945年）三月二十日，盟机在兄弟岛海面轰炸敌舰被击落。经东山县渔民捞获盟空军混合队航员亨利……尸体一具，四月二十一日又捞获空军中尉鲁北新达尸体一具，已经收殓，埋葬该县五里亭抗战阵亡烈士公墓。该尸二具已于三十五年（1946年）四月间经美军搜索队收运。

三十四年三月二十日，盟机在东山县南门上空轰炸敌舰，航员亚尔宾受伤坠海身死……葬于本县烈士公墓。现该尸体已于三十五年四月间经美军搜索队收运。

以上记载，见证了东山渔民为收殓罹难的盟军飞行员所做出的努力，也说明了当时东山海域战事的频繁。然而，这仅仅是序幕。

1945年4月25日，苏联红军包围了柏林。4月30日，希特勒自杀。5月8日，德军统帅部代表凯特尔在柏林近郊签署了向苏军和盟军远征军无条件投降书。

1945年5月中旬的一天，日军粤东派遣军司令部。日本特务头子中村中佐手中拿着一个皮包，匆匆走进山本募办公室。

"机关长阁下，接到您的指令，我即刻从厦门赶来。"

"中村君，最近一段时间，我往返于金厦之间的军舰在东山海域屡屡被美军的飞机炸沉，损失惨重。美军是怎么准确掌握我舰船出行情报的？"

"据我了解，美军在东山的岵嵝山、苏峰山、大帽山设立了海岸观察站，配有观测员和发报员，专门监测我经过东山海域的舰船。"

"嗯，接着说，具体一点。"

中村打开皮包，取出一张作了标记的地图，摊开在桌上，报告道："机关长你看，这是岵嵝山，位于东山东北部，地处古城关帝庙的西侧，天晴的时候，从山上可以观测到东面的兄弟岛。这是苏峰山，位于东山中部，如果把东山岛比作一只蝴蝶，这里就是蝴蝶的头部。这是大帽山，位于东山岛的最南端，这里正好是东海和南海的接合部，天晴时，肉眼可以直接看到广东的南澳岛。凡是往返于厦金和汕头，甚至是往返于日本和汕头之间的军舰，经过东山海域时一旦被美军观察站发现，他们会立刻发报，美国陆军第14航空队接到报告后，在福建空军基地的轰炸机、战斗机就立即起飞。"

山本募神色凝重："索嘎伊！我的明白了。要是东山在我们手中，就不存在今天的威胁了。中村君，你知道，美国陆军航空队正加紧对东京进行大规模轰炸，美军在冲绳本岛嘉手纳海岸大举登陆。5月8日，德军已经投降了，苏军随时可能出兵中国东北。而中国军队，正在对我举行全面反攻。我们帝国军队正陷入孤军作战的境地。鉴于此，大本营电示，在此艰难情势下，确保我舰船在中国东南沿海行驶安全畅通特别重要。你尽快拿出一个摧毁美军设在东山观察站的方案。必须尽快！"

中村似乎已有准备："机关长阁下，我考虑过几个方案，一是派飞机轰炸。但是，美国人早有防备，在山上挖了防空洞，我们飞机还没到，他们就带着设备躲进防空洞了，飞机轰炸收效甚微。二是派一个由狙击手组成的行动小组潜入东山岛，对观察站的美军观测人员进行定点清除。可根据侦察，观察站周边有严密防守，而且东山的老百姓非常警惕，一旦发现有陌生人，立即向当地守军报告。行动小组进岛不容易，靠近目标更不容易。"

山本募有些不耐烦："中村君，难道你就专门从厦门赶来向我汇报一堆不可行的方案？"

中村说："最近我们了解到，设在岵嵝山的美军观测站请来当地一个姑娘帮助做饭洗衣服，这就给我们提供了一个机会。"

"什么机会？"

"我们可以通过绑架这位姑娘的亲属，威逼其为我们服务，在关键时候除掉观察站的美国人。据我了解，美军设在东山的三个观察站中，岵嵝山观察站最为重要，如果能先解决掉这个观察站，就像弄瞎了盟军在东山的一只眼睛，可以大大减轻对我过往舰船的威胁。"

山本募来回踱着步，突然停住了脚步："可以试试，不过要快！中村君，你明白吗？"

"哈依！中村明白。"

一个月前，东山古城岵嵝山的文公祠住进了两个美国军人：少尉观测员艾德森和上等兵报务员威尔逊。另外，还有一个联络官。

文公祠位于岵嵝山顶，这里视野开阔，天晴的时候，可以直接看到兄弟岛。依着岵嵝山，高低错落着三条古城老街，山下是"城脚"，山腰是"下街"，接近山顶是"顶街"。这是一座迷人的袖珍版山城。

有一天，艾德森在文公祠前抖弄衣服时，正好一阵大风刮来，把衣服口袋里的美元给吹下山去了。这下可把艾德森给急坏了。整个晚上，艾德森和威尔逊都在讨论怎么才能找回丢失的美元，讨论到最后，威尔逊说："艾德森，我打赌，那飘下山的美元是找不回来了。睡吧，或许睡醒了会有惊喜。"

让艾德森意想不到的是，一觉醒来，果真有了惊喜，有人捡到了美元并送上门来了。而让艾德森更惊喜的是，送来美元的是一个美丽的顶街姑娘。

那天，家住顶街的阿珍姑娘约了几个小姐妹去"下江"（腰间挂着小竹篓，到海边滩涂摸海螺和小螃蟹）。正当她们"下江"归来，走到半山腰时，头顶上突然飘下好些奇怪的小纸片，她们捡起来一看，上面印着外国文字，还有一个外国人的头像。

姑娘们议论着："这纸片上面有洋文，一定是住在山顶文公祠的美国人的，刚才起风了，这纸片也许就是让风给吹下来的。"

"听说这些美国人带着一种叫作'千里眼'的机器，能看得很远很远。他们看到日本鬼子的炮舰后，就叫飞机过来把鬼子的炮舰给炸沉了。"

"怪不得，最近常听说有日本鬼子的炮舰在兄弟岛附近被美国飞机炸沉，真让人开心。"

阿珍说："这些美国人是来帮我们打鬼子的。这纸片一定很重要，我们要赶快交还给他们。"

一位叫柳妹的姑娘说："我有个叔叔在南洋，给我阿爸寄过100美金，那美金和这纸片很像，说不定我们捡的是美金呢。"

阿珍说："那更得赶快把它还给山上的美国人了。"

姑娘把捡到的纸片放到阿珍手上，说："阿珍，你家离文公祠最近，这些纸片就由你拿去还给他们吧。"

阿珍有些犹豫："文公祠前好像还有哨兵拿枪站岗。要不，我们一起去吧。"

"嗨，你就把纸片拿给哨兵看，跟他说，你是顶街的，捡到这东西要送还给美国番仔，哨兵还能不让你过去？再说了，咱这几个姐妹，就你读过几年书，你不去谁去呀！"柳妹说。

阿珍不再犹豫了。

顶街靠近山上的末端，一间低矮破旧的瓦房里，阿珍放下装满海螺螃蟹的小竹篓，拿出揣在怀里的那叠纸片，告诉正织着渔网的母亲："阿母，我们今天'下江'回来，在岵嵝山下捡到这些印着洋文的纸片，柳妹说这是美金呢。"

"啥是美金，这明明是纸，哪有金呀？"

"哦，就是洋人使用的钱。可能是住在岵嵝山上的美国番仔的，不小心让风给吹下来了。"

阿母沉下脸："阿珍，咱家虽穷，可不是自己辛苦赚来的钱，一分也不能要。听说山上的美国人是来帮咱们打日本鬼子的，这些钱我们应该赶快还给人家才是。"

阿珍说："阿母，那帮'下江'的姐妹委托我了，我明天一早就把这钱送到山上文公祠，交到那些美国番仔手里。"

阿母笑了："孩子你做得对，阿母误会你了。哦对了，今天你古雷的舅舅托人捎话说你表哥过些日子就要结婚了，阿母还得回一趟娘家。自从你阿爸走后，阿母还没离开过这个家，我放心不下你。要不到时候你也跟阿母一起去古雷。"

阿珍说："阿母，最近咱这房子漏得厉害，真是'落雨叮咚声，出日鸡蛋影'，我想趁着这段时间'流水'好，多抓些螃蟹卖，积攒点钱请个泥水匠来给咱房子'捉漏'。"

阿母点点头，眼里蓄着泪水。

当阿珍出现在文公祠的时候，艾德森愣住了，眼前的这位姑娘，高高的个儿，梳着两根长长的大辫子，长着一双明丽的大眼睛，一只笔挺的鼻梁。艾德森心里不由暗暗惊叹：这东山岛竟然有这样美丽的姑娘！

阿珍讲述了捡到"纸片"的过程。艾德森接过阿珍手中的美元，数一数，居然一张也没有少。艾德森激动地对阿珍说："这些美元，是我们三个人半年的生活费用，够你买一幢房子了。噢，姑娘你叫什么名字？"

阿珍听得一头雾水。

联络官对艾德森说："她叫阿珍，阿珍姑娘。"

"阿珍姑娘，真是太感谢你了。"艾德森边说边抽出一张一百美元的美钞塞到阿珍手中，阿珍的手像触电一样缩了回去。

听了联络官的翻译后，阿珍瞪大了眼睛对艾德森说："看你这美国番仔说些什么呀，我又不是为了钱才来的，是因为你们也是来打日本鬼子的。"

艾德森向联络官摊了摊手："我不明白，她为什么生气了？"

联络官告诉艾德森："阿珍姑娘说，她不是为了钱才来的，是因为你们也是来打日本鬼子的。"

艾德森仔细打量着阿珍，对联络官说："你能问问这个阿珍姑娘的情况吗？"

联络官详细询问了阿珍的名字，在做什么，家住哪里，家中还有什么人，靠什么为生，然后对艾德森说："我刚才问了，这阿珍姑娘的家就住在顶街，父亲两年前出海捕鱼时被日本鬼子的水雷炸死了。现在阿珍姑娘和她母亲住在一起，靠着母亲帮人织渔网，还有阿珍姑娘自己'下江'得到的微薄收入维持生活。艾德森，你不是让我找一个可靠的当地人帮助做饭洗衣服吗？你看这位阿珍姑娘怎么样？"

艾德森高兴地说："太好啦！密斯特李，你和我想得一样。这阿珍姑娘，不但人很漂亮，心也很漂亮。"

"是人很漂亮，心也很美。"联络官纠正道。

"噢，是的，阿珍不仅人长得漂亮，心也很美。今天不是阿珍姑娘帮我送来了美元，而是美元帮我送来了阿珍姑娘。Oh，my god！昨天那阵风来得太及时了。"

威尔逊在一旁小声揶揄道："艾德森，昨天晚上你还在诅咒那阵该死的风呢！你是不是喜欢上这位美丽的阿珍姑娘了？"

联络官问阿珍："阿珍姑娘，你会做饭洗衣吗？"

阿珍笑道："嗨，那还不简单，咱东山的女孩哪个不会做饭洗衣服呀。"

联络官说："很好，这里离你家很近，你以后就不要去'下江'摸海螺螃蟹了，每天到这里帮忙洗衣做饭，我们付给你工钱好吗？"

阿珍爽快地答应道："好呀！"她想了想，又说："可我和这两个美国番仔语言不通，先生，你要是不在时，我和他们怎么交流呀！"

联络官笑道："其实，那个艾德森能听懂一些中文，还能简单会话，只是你刚才说话语速太快，又夹杂着闽南话，他听不来。对了，我姓李，你叫我李先生好啦。"

阿珍点点头："李先生，那我回家和阿母商量一下。"

七副碗筷

联络官说："那当然。回家和你阿母商量好了，明天就到这里来，站岗的哨兵会让你进来的。"

阿珍离开了文公祠，沿着蜿蜒的山道往下走着。她要快点回家，把今天的事情告诉姐妹们还有家中的阿母。阿珍今天的心情不错，把美元还给了美国番仔，姐妹们和家里的阿母知道了一定会很高兴的。她不经意抬头时，见前面拐角处一块镌刻着"学海文澜"的巨石后面好像有个人影闪过。阿珍停住脚步，仔细看了看，只见一棵生长在石头夹缝中的小榕树在风中摇曳，没有其他动静。

阿珍心想，也许是因为天快黑了自己看走眼，这个时候在这个偏僻的地方哪会有人啊。她继续快步往家的方向走去。

东山古城打铁街，一个渔民装束的中年人穿过熙熙攘攘的人群，来到位于街拐角处相对僻静的"浅草堂"西医诊所。诊所的医生中等个子，理着平头，带着一副金丝眼镜，讲着一口流利的闽南话。他自称姓田，厦门人。其实，他真正的身份是在厦门长大的日侨后裔、中村设在东山谍报站的站长。渔民装束的中年人是"田医生"的下线，以贩卖鱼干为掩护，代号"虎鱼"。

"田医生"见"虎鱼"走了进来，警觉地观察了他身后的白色门帘的动静，问道："这位先生，你哪儿不舒服？"

"虎鱼"说："田医生，我最近胸口有些闷，还经常头晕。"

"田医生"戴上口罩，说："哦，那到里面房间，我给你好好检查检查。"

诊所里间屋里，"田医生"让"虎鱼"躺在一张小床上，拿出听诊器，煞有介事地把拾音的胸件放在"虎鱼"的胸口，小声问道："情况怎样？中村中佐在等着消息呢。"

"我侦察过了，那个女孩名叫阿珍，家就住在古城顶街，父亲是渔民，前几年出海捕鱼时因渔船触雷身亡。现在，阿珍与她母亲相依为命。自从这个阿珍被岵嵝山美军观察站雇用以后，每天都到文公祠做饭洗衣服，早出晚归。哨兵对她没有任何戒备。"

"很好。说下去。"

"从顶街到文公祠，要经过一段布满怪石的僻静山道，这段路是阿珍每天早晚要路过的地方，我们是不是在那里设伏，对她施行绑架，然后……"

"蠢！"

"田医生"收起听诊器，摘下口罩，凑近"虎鱼"："你不知道东山人的秉性吗？我可以断定，这个女孩如果被我们绑架，是不会屈服的。还有，她每天都要到岵嵝山文公祠做饭洗衣服，突然间失踪了，那美国佬不会怀疑吗？弄不好，行动没成功，我们先暴露了。"

"那……下一步该怎么办呢？"

"你不是说这个女孩和她母亲相依为命吗？那就通过绑架这个女孩的母亲，再要挟她为我们做事。"

七副碗筷

"怎么为我们做事？"

"利用她为美国人做饭的机会，制造一个食物中毒事件。"

"医生，我明白了。明天晚上我们就行动。"

"不，这个'食物中毒事件'不能发生得太早，也不能发生得太迟。具体时间得听中村中佐的指令。记住，从明天开始，你每天早上10点钟准时到我这里'看病'。还有，行动要特别小心，我们很快就要撤出东山了，千万不要在撤出之前'翻船'。明白吗？"

"明白了，医生。""虎鱼"始终不知道，他的这个顶头上司叫什么名字。

岿嵝山，夕阳西下，艾德森约阿珍来到一块朝南的大石头上坐下。这里，南门湾的景色尽收眼底。

月牙形的海湾，出海归来的渔民正扛着渔网，抬着渔获，快步行走在海滩上。暮色中，就像一组组活动的剪影。尽管战争还没有结束，但渔家的生活仍得继续。

夕阳下，南门湾的海水就像洒满了金箔，不停地漾动着、揉碎着、聚散着、幻化着。远处，一片片移动的白帆把海湾点缀得美轮美奂，格外生动。

布满天际的晚霞，像火焰，像彩虹，像飘带，像镶着金边的舞裙，像无数支射出的闪光的箭。

"珍，你的家乡太美了，像我的家乡，不，比我家乡还要美。将来没有了战争，这座海岛一定会吸引全世界的目光。"

岵嵝山顶

艾德森努力放慢说话的速度，以便阿珍听懂他那生硬的中国话。

"你的家乡也在海边？"

"是的，我父亲出生在美国东海岸的新泽西州，后来他当兵来到夏威夷，和当地一个姑娘相爱了，退伍以后就定居在夏威夷，生下了我。"说着，艾德森从口袋里掏出一张照片递给阿珍："你看，这是我爸爸，这是我妈妈，这是小时候的我。"

"咦，你妈妈身边怎么站着一个中国姑娘？"

"哦，她的名字叫陈秀姑，中国广东人，跟着父母到夏威夷，在学校里教绘画。我妈妈请她周末到家里教我学画画，我的中国话就是跟她学的。"

"你妈妈长得真漂亮。"

艾德森神情忽然凝重起来："1941年12月7日，日军从航空母舰起飞的飞机，袭击了夏威夷的珍珠港。我妈妈是海军基地医院的一名医护人员，也被日本飞机炸死了。"

165

阿珍也想起了父亲："艾德森，你妈妈被日本飞机炸死了，我阿爸被日本的水雷炸死了，咱们的命运是一样的。日本鬼子是我们共同的敌人呐！"

艾德森说："珍，你说得对，其实，我们现在就在一起打日本啊！"

"你说我？"

"是呀，你帮我们做饭，帮我们洗衣服，让我们吃得好，穿得舒服，集中精力观测海面，日本的军舰一艘也逃不过我们的眼睛，这不是和我们一样在打日本吗？"

阿珍乐了："那以后我就把饭菜做得更好吃，把衣服洗得更干净。"

一阵海风吹来，撩动着阿珍的秀发，也撩动着艾德森的心。

"珍，你真美，我发觉，我喜欢上你了。其实，我见到你的那一天，就悄悄喜欢上你了……"

阿珍脸颊泛起红晕："艾德森，我该回家了，阿母在等着我，她明天还要去古雷呢。"

"田医生"和"虎鱼"没有想到，他们的密谋，被东山湾彼岸的古雷半岛一个普通农家婚礼给搅了。

"虎鱼"按照"田医生"的要求，每天上午10点钟准时到"浅草堂"西医诊所"看病"。

这一天，"虎鱼"刚进诊所，"田医生"就招呼他到里屋"检查身体"。"虎鱼"刚躺到小床上，"田医生"就迫不及待地说：“中村中佐来电了，今天晚上实施绑架行动。”

“虎鱼”坐了起来，懊丧地说：“医生，我正要向你报告，阿珍的母亲走了。”

“你说什么，阿珍的母亲走了，走去哪里了？”“田医生”愣住了。

“虎鱼”报告：“阿珍的母亲是古雷人，最近老太婆接到娘家消息，侄儿要结婚了。今天一早，阿珍就在码头送她母亲上渡船前往古雷，据说老太婆要十天以后才回来。”

“十天以后？”“田医生”仰头长叹了一口气，“真是人算不如天算呐！”

汕头，日军粤东派遣军司令部。山本募沉着脸听完中村的报告，焦躁地来回踱着步。

中村说：“机关长阁下，要不，等十天后再采取行动？”

山本募停住了脚步，大声说：“晚了，一切都晚了！中村君，你知道吗，再过两天，就有一支舰队要从汕头出发了。”

中村一阵沉默，说：“那这支舰队只能借助雾天掩护了。机关长，据我了解，美军设在东山岛的观察站目前还没有配备雷达，主要是靠高倍瞭望镜观测。”

山本募无奈地叹了口气：“那还有什么办法呢？只能看这支舰队的运气了。”

1945年5月29日，五艘日本军舰在晨雾遮蔽下，离开汕头，由南向北，悄然驶进东山海域。

这支舰队满载着从潮汕撤出的日军和在华南掠夺的物资。军舰上的日军中，有在东门屿杀害朱九、郑南阳、黄桂和大黄狗的刽子手，有在黄山村杀死村民林安然、林革香的恶魔，有在入侵东山时烧杀抢掠、强暴妇女的兽兵，有血债累累的日军指挥官涩谷。

涩谷站在舰首，透过薄雾，望着这片令他生畏的海域和远处影影绰绰的海岛。他曾经三次指挥日伪军进入这片海域，攻打东山岛。他的军刀上沾满了岛上军民的鲜血，却始终征服不了这座不屈的海岛。

此时，涩谷眼前出现了东门屿三个拒绝引航的农民，出现了黄山村两个临死不惧的村民，出现了陈城祠堂前三个被他开膛浇上汽油的中国军人，他们一遍又一遍地冲着他喊："小鬼子，我们做鬼也饶不了你！"

一只浑身是血的大黄狗，向他猛扑过来……

涩谷不由一阵战栗。

海面上的雾在渐渐散开。涩谷下意识地望着天空，他知道，东山岛上建有美军观察站，天空随时可能出现美军的轰炸机。此时，他只想快点逃离这片令他恐惧的海域。

舰队驶近了兄弟岛海面。

兄弟岛位于东山岛东南17海里处，因形如柑橘，也被称为大、小柑岛，东山渔民习惯叫"柑仔"。岛的四面都是悬崖，风高浪急，一般小船难以靠岸。

兄岛　　　　　　　　　　　　　　弟岛

这一海域，是航行于汕头与金厦之间日军舰队躲不过、绕不开的梦魇。他们惧怕的不是这里的风浪，而是随时可能出现的美军飞机。

看到舰队正慢慢驶过兄弟岛，涩谷闭上眼睛，长长松了口气。几个日本兵在甲板上手舞足蹈地唱起了"沙古拉"（日本歌曲《樱花》）。

忽然，远处出现七八个黑点，黑点慢慢变大，接着传来轰鸣声。有人惊呼："不好了，美军飞机来啦！"

军舰上响起紧促的警报声，舰上的高射炮兵迅速进入炮位，甲板上一阵混乱。

这支日军舰队一驶进东山海域，即被美军观察站发现。观察站立即发出电文：

5月29日上午10时15分，发现日军一艘运输船、一艘驱逐舰、三艘护卫舰，航速28节，正由南向北驶经东山海域，预计20分钟后抵达兄弟岛洋面。

20分钟，正好是美军在福建基地的飞机到达兄弟岛上空的时间。

美国陆军第14航空队福建空军基地，数架B-25轻型轰炸机和负责掩护的野马战斗机轰鸣着飞上蓝天，朝着东南方向直扑兄弟岛。

发现日军舰队后，盟军轰炸机分两拨交替俯冲向军舰发起攻击。第一拨飞机向日本军舰俯冲投弹，投完弹就掉头离开，接着第二拨飞机开始俯冲投弹。盟军飞机的轮番攻击，使日军没有喘息的机会。

顷刻间，炸弹在日本军舰四周掀起一股股水柱。一阵混乱，军舰上的日军开始反击，密集的火炮射向天空。突然，海面上发出巨大的爆炸声，日军运输舰中弹起火，一头扎进海里。涩谷和运输舰上的日军官兵在绝望的哀嚎中葬身海底。

一番鏖战，盟军改变了战法。新一拨的轰炸机把挂载的炸弹改为鱼雷，紧贴着海面飞，避开日本军舰的炮火，进入射程之后便施放鱼雷，然后飞机一抬头，箭似的直插云霄。这招管用。日本军舰有的被鱼雷炸成一团巨大的火球，有的被拦腰炸成两截。

不到半晌，硝烟退尽，海面恢复平静，日军舰队连同舰上的兽兵全部丧身海底。这帮恶魔终于受到应有的惩罚。

南门湾海岸，挤满了古城的民众，他们目睹了这场惊心动魄的海空激战。当看到一艘艘日本军舰在爆炸中沉入海里时，兴奋地议论着："痛快，小鬼子也有今天。关公显灵了！"

"什么关公显灵，那是美国番仔飞机炸的。"

"嗨，日本鬼子'做侥悻'（作孽），连关帝庙，还有关帝的子孙都敢炸，这回关帝爷发怒惩罚他们了。这美国番仔的飞机到咱中国来也得听关公调遣啊。"

"善有善报，恶有恶报。小日本的船不是老爱叫这'丸'那个'丸'的吗，这回不管什么'丸'，统统变成肉丸虾丸，到海里喂鲨鱼去喽！"

岵嵝山美军观察站，艾德森通过高倍瞭望镜，详细观测着兄弟岛海域的激战过程。当他看到一艘艘日本军舰被炸沉时，兴奋地冲进文公祠，对威尔逊和联络官大声说："先生们，告诉你们一个好消息，日本军舰被我们的飞机炸沉啦！快，叫阿珍姑娘晚上多做几个好菜，我把珍藏的威士忌拿出来，我们要好好庆祝。"

艾德森没有想到，就在他冲进文公祠的时候，盟军一架飞机被击中了。

这天晚上，阿珍和艾德森都喝醉了……

两天以后，也就是1945年5月31日，中午一点钟左右，9个渔民驾着一艘渔船来到兄弟岛海面，他们发现了一艘橘黄色橡皮艇，艇上坐着两个筋疲力尽的黄头发蓝眼睛的外国人。

"是美国飞行员。"

七副碗筷

渔民们两天前都在南门湾看到了那场海空激战，立即判断这是被日本军舰击落的美军飞机上的飞行员。大家七手八脚把两个美国飞行员救上了渔船。

两个外国人激动地用英语连声说："Ｔｈａｎｋ　ｙｏｕ！""Thank you!"

渔民说："放心吧，你们安全了。知道你们冻得'身Ｑ'了，快换上渔船上的干衣服，再给你们熬些姜汤喝吧。"

两个外国人换上渔民的衣服，喝了热姜汤，慢慢缓过神来，改用中文说："谢谢！谢谢！"

这下渔民听懂了，竖起大拇指，用闽南话说："要感谢你们才对，你们把日本鬼子打到海里喂鲨鱼，'好叫笑'（好样的）。"

这回轮到两个美国人听不懂了。渔民们用手不停比画着，两个美国人终于闹明白了，也竖起大拇指，用生硬的中文说："中国渔民，顶好！"

傍晚，渔船悄然驶进了东山湾，停靠在西门澳码头。两个美军飞行员被渔民护送到离岸边不远的警察局。当地立即安排医务人员为两人检查了身体，还请来美国陆军驻闽南辅助空军地面军务处东山联络站的工作人员林子浩先生及其妻子林梅卿女士，与两位美军飞行员交流。

通过交谈，林子浩了解到，这两个飞行员是被日本军舰炮火击落的美军飞机正副驾驶，一个是科文中尉，一个是宾治少尉。

在兄弟岛海域激战中，日军舰队受到盟军飞机的炸弹和鱼雷攻击，一艘运输舰、一艘驱逐舰和两艘护卫舰都被炸沉了。剩下一艘护卫舰受了重创，舰首已经栽进海里，高高翘起来的舰尾高射炮还在不停对空射击。

科文见状，骂道："可恶，都死到临头了还疯狂。"他对坐在一旁的副驾驶宾治说："伙计，把这帮恶棍揍下海去。"

宾治点点头："OK，揍掉他！"

两人再次驾驶着飞机向日军护卫舰俯冲，朝垂死挣扎的日寇扔下最后一颗炸弹，敌舰被炸沉了，而俯冲的飞机也被击中，拖着黑烟，撞向大海。

科文和宾治成功跳伞。他们乘坐一艘充气的橡皮艇在风浪中漂泊了两天两夜。两人曾几次试图登上兄弟岛避难，可陡峭光滑的悬崖和巨浪让他们望而生畏。没有淡水，没有食物，风浪中，橡皮艇随时都有倾覆的危险。正当他们筋疲力尽、深感无助的时候，遇到了前来救助的东山岛渔民。

"东山渔民是我们的救命恩人。我们这辈子永远忘不了他们。"科文和宾治连声说。

美军飞行员获救了，但如何把两人安全送达设在漳州的美国陆军驻闽南辅助空军地面军务处呢？林子浩不敢掉以轻心。这次海空激战，盟军飞机炸沉了日军舰队，给日寇以沉重打击，敌人一定耿耿于怀，一旦知道两个美军飞行员获救，很可能在前往漳州的途中派飞机追杀报复。东山四面临海，八尺门是东山通往大陆云霄县的正常通道，可如果乘船过八尺门海峡时遭敌机扫射轰炸，那只有挨打的份儿了。林子浩分析，东山这个具有重要战略地位的海岛，很可能潜伏着日本间谍，日寇很快就会得到美军飞行员获救的消息。怎么办，是否有更安全的出岛途径？

这时，林子浩想到了东山渔民。

翌日清晨，澳雅头码头，一溜"渔民"行色匆匆登上一艘"出海捕鱼"的帆船，这艘帆船离开渔港后，并没有和其他渔船一道驶出东山湾到外海捕鱼，而是相反，朝着东北方向的东山湾深处驶去……

不久，八尺门海峡上空传来轰鸣声，几架从厦门方向飞来的日军飞机在海峡上空来回盘旋，搜索着海上目标。

而此时，那艘驶离澳雅头渔港的帆船已经妥妥停靠在漳浦沙西的屿仔头。从船上走下了林子浩夫妇及其通讯员沈大纲、佣人亚薇、县警案局李坤，还有美国飞行员科文和宾治。

这是东山渔民兄弟给林子浩出的点子：明走八尺门，暗渡屿仔头。

上岸的科文和宾治向帆船上的渔民不停地挥手，激动地说："谢谢！你们——顶好。"

在屿仔头，美军飞行员和林子浩夫妇坐轿，余者步行卫护，当晚宿于漳浦县城，次日晚于长桥过夜，第三天到达漳州，安顿于天主教堂。两天以后，林子浩夫妇护送美军飞行员乘车到福州。科文和宾治安全返回所在部队。

　　《抗战期间盟军战机历次在福建省内迫降及航员救出或牺牲经过处理一览表》里，留下了1945年5月31日，东山渔民在兄弟岛海面救两个美国军飞行员的记载。

　　新加坡会馆在《建馆40周年会刊》中作了这样的描述：

　　抗战时期……有盟国侦察机在外海坠毁，正副驾驶员两位（美籍），游水攀登兄弟岛，被我渔民救起，护送至后方治疗养伤，这是吾邑对于第二次世界大战的些微贡献。

　　这一描述，细节上虽然有些出入，比如"游水攀登兄弟岛"是不可能的，但总体还是反映了东山渔民救援美军飞行员这一事实。

　　在采访期间，我得到一个消息，在东山博物馆，收藏着渔民从兄弟岛海域打捞上来的美军飞机残骸。我立即赶到博物馆，目睹飞机的残骸。

渔民从兄弟岛海域打捞上来的美军飞机残骸

馆长向我讲述发现这些飞机残骸的经过。

前些年，铜陵镇的渔民开拖网船出海捕鱼时，在兄弟岛海域捞到一些巨大的金属片和看似机械零部件的东西。渔船返回渔港后，渔民卸下了渔获，却把这些"没用的破铜烂铁"扔在码头上。恰好县打捞公司的三位退休老师傅路过码头，他们一眼便认定，堆放在码头的这些"破铜烂铁"是飞机的残骸，于是报告了县博物馆。

博物馆立即派工作人员前往码头，将这些飞机残骸收集起来，妥为保存。

过后，博物馆馆长又得到消息，在1958年至1960年间，兄弟岛海域发现有抗战时期沉没的多艘日本军舰堵塞了航道，当时，县打捞公司接受了清理航道障碍物和打捞钢铁的任务，在打捞过程中，也发现了美军战机残骸。残骸打捞上来后，有的被"大炼钢铁"了，有的被卖给了县造船厂作为修造船只用的材料。

事情过去那么多年了，这些飞机残骸还在吗？博物馆馆长带着一线希望，赶到造船厂，向厂长说明来意。厂长很配合，带着馆长到旧仓库里翻找了半天，终于发现了一部当年从飞机残骸上拆解下来的直流马达。

经专家鉴定，确认博物馆前后收集到的是二战时期美军战机的机身残片和直流马达、空速管、法兰盘、螺丝钉等飞机动力部件及零件。

我相信，这里边一定也有科文和宾治当年那架被日本军舰高射炮击落的战机部分残骸。美军战机残骸找到了，那么，沉没海底的那门日军护卫舰舰尾上的高射炮能捞到吗，如果也能捞到，那就全了。可事情能有那么巧吗？

一门二战时期沉入海底的舰尾高射炮浮出水面。

2017年初，我回家乡采访，下榻马銮湾附近的财政培训中心。在培训中心餐饮部工作的小林是老熟人，他热情地约我一块儿喝闽南"功夫茶"。

一阵海聊，小林告诉我："这些年，为了弘扬家乡的民俗文化，我和父亲一起搞了一个民俗博物馆，有明清时期的门匾、老床，有20世纪五六十年代的农具家具，有各式各样的石磨石臼，还有民间婚礼节庆的行头。最近有几部在东山拍摄的电影，里面一些道具还是我提供的呢。"

小林见我听得认真，越说越兴奋："其实，老物件我都收藏，旧电话机、旧三用机、旧放映机都有。对了，我还收藏到一本旧社会妓女的'营业执照'呢。"

听起来，小林不像在办博物馆，倒像是在办一个旧物杂件收购站。不过看得出，他还是蛮有成就感的。

接下来，小林的一句话吓了我一跳："最近，我在考虑收藏一门高射炮。"

"什么高射炮？现在在哪里？"

"是这样，最近，我听说冬古村一位渔民捞到一门军舰上的火炮。我跑去看了，那门炮的炮管很长，还有底座。我想买下来，但有些犹豫。"

"为什么？"

"那位渔民出价四万元，我觉着要价太高了，希望他能再降一降，你知道，四万元对我是个不小的数目呀。还有，我不知道这从海里打捞上来的高射炮算不算文物，个人能不能买，会不会违反到什么政策规定。"

这消息来得太及时了。我对小林说："这从海里打捞上的高射炮属于文物，应该由政府有关部门收集。不过，非常感谢你告诉我这个消息。"

事不宜迟，这门火炮随时可能被当作破铜烂铁卖掉，我立即联系了县委宣传部。

宣传部领导十分重视，立即派工作人员前往冬古村，找到那位捞到舰炮的渔民，从渔民那里得知，这门炮已经卖给本县南山村的一位村民。工作人员不敢懈怠，又立即赶往南山村，在村干部引导下，来到这位村民的家。

他们惊喜地看到，这门长满牡蛎和海苔的火炮就在这位村民家门口摆着呢。

这位村民如实说，他已经和外地一个收购商谈妥，明天就要把这门火炮运出东山岛，当废铜烂铁熔化掉。

还好抢先了一步。

如今，这门锈迹斑斑的火炮被放置在东山抗战烈士陵园，引来不少参观者。据了解，这门舰炮是冬古村渔民于2016年

8月4日下午，在东经117.36°、北纬23.34°海域捞到的。

经测量，这门火炮口径76毫米，座高185厘米，炮筒到炮座全长410厘米，底座直径75厘米。炮筒下有可调整射击仰角的滑动装置，可远射、平射，还可对空射击。控制部分有电缆连接。

当我庆幸及时拦截住这门舰炮的时候，却意外发现火炮炮座上有一块不锈钢标示牌，仔细一看，牌上刻有1942年7月美国生产的英文商标。

冬古村渔民打捞的高射炮

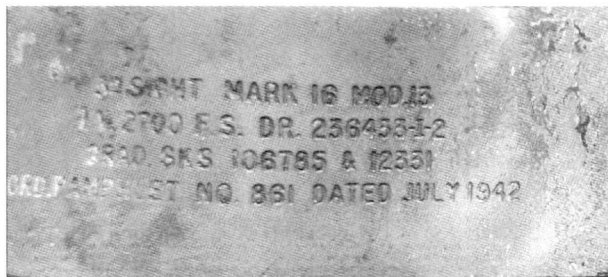

英文商标

问题来了，美国生产的火炮怎会安在日本军舰上，而且打下美军飞机呢？

我阅读了有关历史资料，研究了自抗战以来发生在东山海域的事件，推测有几种可能。

第一种可能，是美国制造的火炮安装在日本的军舰上。在太平洋战争爆发前，美国一直在背地里和日本做生意。有一组数据：当时，日本80%的石油、93%的铜、74%的铁都来源于美国。仅在1937年，美国对日本的物资出口就达28855.8万美元，其中战略物资占到了58%。1938年至1939年间，日本55%的军火是从美国购买的，80%的军需品是美国提供的。到了1940年，美国向日本输出的军用物资达到了1.9亿美元。

然而，1941年是个转折点。这一年的12月7日，日本偷袭了珍珠港，几乎摧毁了美国太平洋舰队。次日，美国对日本宣战，太平洋战争由此爆发。而东山渔民捞起的这门火炮生产日期是1942年，也就是说，在美国对日本宣战之后。显然，这个时候，美国是不可能再卖军火给日本了。除非有第三方偷偷在交战的美国与日本之间做军火生意，而这种情况，在当时形势下是很难发生的。

我推测了第二种可能，这门高射炮来自国民党海军的"剑门"号或"章江"号。1965年8月5日清晨，国民党海军"剑门"号和"章江"号猎潜舰在没有任何护航舰保护的情况下，悄悄驶离台湾左营港，当天傍晚驶至东山岛东南方向的兄弟岛海域。这支猎潜舰编队不是去"猎潜"，而是去执行一项代号为"海啸一号"的秘密任务，即运载武装特工到大陆沿海（准备在漳浦的古雷头、东山岛的苏尖角登陆），进行所谓"特遣心战"。然而，这支猎潜舰编队注定要遭遇一场灭顶的"海啸"。

中国人民解放军海军南海舰队获悉上述情况后，立即命令汕头水警区出动鱼雷艇11艘和护卫艇4艘组成突击编队，乘夜出击。

8月6日凌晨，双方在兄弟岛海域展开激战。"钢铁战士"、611艇轮机兵麦贤德就是在这次战斗中头部负伤的。这次海战中，我海军护卫艇和鱼雷艇密切配合，于3时33分，将"章江"舰击沉于东山岛东南约24.7海里处。击沉"章江"舰后，人民解放军海军编队继续追击"剑门"舰，于5时20分击沉"剑门"舰。这次海战，人民解放军海军击毙国民党海军第二巡防舰队少将司令胡嘉恒以下170余名，生俘"剑门"号中校舰长王韫山以下33名。

海战结束后，东山出动30名渔民，分乘2艘机帆船在兄弟岛海域帮助解放军打扫战场，渔民们还在海上搜捕到一名国民党军舰报务员。

此次海战称为"八六海战"。被击沉的"剑门""章江"两舰都来自美国。其中"剑门"号，编号65，原系美国海军"海衙"级舰队扫雷舰"巨嘴鸟"号MSF387。"章江"号，编号PC118，原系美国海军猎潜艇舰PC1232号。

资料显示，"章江"号舰上装备有一门76.2毫米火炮、一门40毫米火炮、五门20毫米火炮、一组76.2毫米火箭发射器、四座深水炸弹投射器，还有一部雷达。

冬古渔民打捞上来的那门火炮与"章江"号上的76.2毫米火炮型号基本吻合。

那么，是否可以断定这门火炮就是来自被击沉的"章江"号呢？我走访了东山县海洋渔业局，经过GPS卫星定位，了解到，渔民打捞这门火炮的位置与"章江"号沉没的海域虽同处于东山岛的东南方向，但相距还有14海里到15海里。从这一距离来看，这门火炮来自被击沉的"章江"号可能性不大。

于是，我有了第三种推测。这门火炮来自触雷的美国军舰。二战后期，日本在中国东南沿海布设了大量水雷，东山海域是日本布雷的重点。会不会是过往的美国军舰在东山海域触雷沉没呢？根据记载，抗战期间，就有城关竹桁船"乌猪"等七人、运输船洪蚁蚜等六人被日本水雷炸死。虽然迄今还没有看到有关美国军舰在东山海域被日本水雷炸沉的记载，但没有记载不等于没有发生。

或许，还有其他可能。然而有一点可以肯定，有舰炮必有沉船。我想，随着打捞的新发现，这门火炮的谜团一定会被解开。至于二战时期在兄弟岛海域被美国飞机炸沉的日本军舰残骸，相信总有一天也会浮出水面，展现在世人面前。这是日本侵略者的下场。

东山湾，不知还有多少历史、多少故事等待被打捞……

第九章　救　援

关于寻找日本军舰上的高射炮暂告一段落。那么，两位获救脱险的美军飞行员后来有消息吗？

1985年春，美国康涅狄格州西南部，格林威治小镇一个僻静的咖啡馆，两位老人一边喝着意大利"卡布奇诺"，一边认真交谈着。这两位老人，正是退伍后在康涅狄格州定居经商的科文和宾治。

"宾治先生，这40年来，我一直在想念着当年救我们性命的中国东山渔民。没有他们，我们早就是沉在西太平洋冰冷海底的骨头了，哪来今天的子孙满堂，更谈不上在这美丽的格林威治小镇悠闲地喝着咖啡呀！"

"是啊，也不知道那几位渔民现在怎么样。寻找他们，也是我多年来的心愿呐！"

"今年是抗日战争胜利40周年，我们当年许多在中国参加抗战的老兵都在写回忆录，我想，我们也应该把这段历史写上，留给后人。还有，也想办法找到当年救我们的东山渔民。"

"OK！我完全同意。不过……科文先生，我们连这些渔民的名字都不知道，40年过去了，又远隔重洋，怎么找呀？"

"我想到了一个人。"

"您是指……"

"林子浩先生。记得吗，密斯特林当年在美国陆军驻闽南辅助空军地面军务处供职，是他从东山护送我们到漳州、到福州的。听说他和夫人现在定居在加拿大，如果能设法找到他，或许可以联系上那几个东山渔民。"

"噢，科文先生，上帝赐给您一个聪明的脑袋，难怪您一直是我的长官。加拿大和美国是邻居，安大略省和纽约州就隔着一道尼加拉瀑布，我一定想办法找到林子浩先生。"

"您猜猜，如果有机会见到救命恩人，我第一句话会说什么？"

"您会说，东山渔民顶好。中国人顶好。"

"噢，宾治先生，您也很聪明啊！"

"哈哈，因为如果见面，我也会这样说的。"

不久，福建省政庶收到一封林子浩从加拿大寄来的信，信中写道：

1945年5月底，在东山岛及其兄弟岛之间附近海上被日本敌机击落美国空军机一架，当时那里的渔民兄弟在此海面曾救获美机师两名，名字"LTFRED FOREMAN"和"ENSIS BUNGE"译音"科文中尉"及"宾治少尉"……现科文先生和宾治先生两位均已退役年老，在美国经商，愿意回忆一生，故要撰写过去险里回生而获救恩铭及日本侵华情况真实回忆录，以告世人。故询查本人当时一切，本人因日记全已遗失，无从跟究转告，便托本人代查当时他们被救护等情形……

作为当时美国陆军驻闽南辅助空军地面军务处龙溪分处的工作人员兼英文翻译，林子浩对两位美国飞行员获救过程作了详细的记录，非常可惜，他写的日记"全已遗失"。

　　很快，东山县信访办接到了省政府转来的林子浩先生信函，信访办立即会同县党史办、方志办查阅相关资料，深入渔业队寻找当年救美国飞行员的老渔民。可由于时间过于久远，一时找不到那几位渔民的下落。这也错失了两位美国老兵与救命恩人互动的机会。

　　寻人的事往往靠机缘巧合。几个月后，东山县方志办在铜陵镇召开政协委员座谈会，会上，方志办负责人拿出林子浩的信函，说了来信的大意，询问有谁知道当年几位渔民救美国飞行员的事。当场有位叫翁祆的老渔民说，他清楚这件事，而且还知道当年参与救援的渔民就住在铜陵镇东门。在翁祆老人的协助下，县有关部门找到当时还健在的陈老公、刘阿武两位老渔民，接着又找到了护送两位飞行员的当事人沈大纲、李坤等人。

陈老公（左）和刘阿武（右）在修补渔网

七副碗筷

两位老渔民的回忆倒得救助美国飞行员的过程更清晰更完整。

1945年5月31日，投靠东山"裕泰"水产加工铺的广东大埕渔民向老板提出，他们的几艘"红头艚"渔船正在兄弟岛附近海面捕鱼，希望雇用一艘东山渔船前往了解海上作业安全情况。"裕泰"老板当即委托其亲戚、东山渔民刘阿武去办理。于是，刘阿武联系了东山渔民陈木全、陈老公父子。这次同船出海的渔民有陈木全、陈老公、黄顺、刘阿武、陈石虎、游亚坤、郑乌、张糊，还有一位广东大埕渔民。

早上8点钟，渔船驶离渔港，中午1点左右到达兄弟岛海面。这时，渔民张糊突然喊道："大家快看，'螺仔巷'附近有一艘橡皮艇，上面好像还有两个人。"

兄岛西北角，在垂直的峭壁和一块螺状的大礁石之间，形成一条狭长的海上"巷子"，故东山渔民称之为"螺仔巷"。

兄岛螺仔巷

只见"巷口"漂着一艘橘黄色橡皮艇，艇上两个人正向渔船挥手求救。

"阿爸，我们是先救人还是继续找广东大埕渔船？"陈老公问道。

陈木全说："救人要紧。快把张糊、阿武，还有那个老广叫来。"

几个渔民紧急磋商。陈木全说："伙计们，这次我们出海的任务是寻找'红头艚'，可漂泊在海上的橡皮艇随时可能被海浪掀翻，情况危急。海上遇险，救人第一。这可是我们东山渔家的规矩呀！"

张糊说："两天前这个海域曾经发生日本舰队和盟军空军的激战，橡皮艇上的那两个人很可能是盟军飞行员，他们是来帮我们打日本鬼子的，我们得赶快去救他们。"

随船的广东渔民有些犹豫："那寻找'红头艚'渔船怎么办？他们会不会有危险？"

陈木全说："根据我的经验，只要不是遭遇风暴，即使风浪大一点，那几艘'红头艚'渔船可以扛得住，而且渔船之间还可以相互照应。可这艘小橡皮艇就不一样了，咱如不出手相救，艇上那两个人就死定了。"

广东渔民明白了："老兄弟，听你的，赶快救人吧。"

刘阿武也催促道："陈老大，尽管放心救人，'裕泰'老板是我亲戚，等船回港后，我来跟他说。"

陈木全点点头，像个指挥官，大声喊道："伙计们，听我的，调整船头，朝着'螺仔巷'，救人去！"

九个渔民迅速把渔船驶向橡皮艇。于是有了先前提到的东山渔民救助美国飞行员的感人一幕……

陈老公、刘阿武在回忆中还谈到一个细节，当渔船驶过东门屿进入东山湾时，两个美国飞行员因搞不清楚东山岛是不是日寇占领区，有些焦躁不安。渔民们见状，让两个美国飞行员坐到隐蔽的舱尾水闸内，稳定了两人的情绪。

下午3点多，渔船平安到达东山岛西门澳大宫附近海岸。

如今，参与救援美国飞行员的渔民都已离世。我走访了其中几位渔民的子女，希望通过他们了解更多当年父辈救盟军飞行员的细节。然而，他们都说道，其父亲在世的时候，也只是在茶余饭后偶尔提到当年救美国飞行员的事。父亲认为，海上救难是渔民的本分，更何况救的是和咱中国一块打日本鬼子的美国飞行员，这是应该的。救人过后，该干嘛还干嘛。

这是海岛渔民的品格、东山人的品格。

采访到此，我有一个强烈的愿望——造访兄弟岛。

在东山县有关部门的安排下，我终于有机会跟随巡航的渔政船前往兄弟岛海域。上午8时35分，渔政船驶离海警三支队码头。

船长提醒我："兄弟岛位于北纬23.31948°，东经117.41270°，在东山岛东南方向，距离我们出发的码头有17

海里多。那里风浪比较大，小心晕船。"

我信心满满："没事，我已不是第一次乘船了，从来就没晕过。再说了，风浪大一些，才能真实还原当时渔民救盟军飞行员的情景呢。"

船缓缓行驶在宁静的东山湾。从海上看古城，有着别样的感受。历经风雨的九仙山、岵嵝山、风动石、关帝庙、古城墙慢慢移过我的眼帘，透着沧桑，透着凝重，透着威武，透着刚强，透着摄人心魄的神韵，见证着这座海岛曾经的苦难与悲壮、血性与荣光……

渔政船驶出东山湾，犁波耕浪，全速前行。我站在船头，面对碧波万顷、一望无垠的大海，仿佛和海鸥一起翱翔。我兴奋地对县文联小刘说："我体验到'大海母亲'这句话的含义了。"

小刘说："你的体验才刚刚开始呢！"

进入外海，风浪逐渐大了起来，我不由打了个冷颤。富有经验的船长告诉我："在海上感觉到冷，离晕船就不远了。"

不知是我证实了船长的话还是船长的话诱导了我，我开始晕船了，靠着船沿朝海里一阵搜肠刮肚地吐。

"现在还'大海母亲'吗？"小刘在一旁揶揄道。

"刚才的大海是母亲，现在的大海是后妈。"我回道。

在船长和小刘的关照下，我进到船舱，躺在一张小床上休息。这回算是"头枕着波涛"了。

事实上，躺在摇晃的床上，并没能缓解多少晕船问题。大约又过了半个多小时，小刘兴冲冲跑进来："快出来看，兄岛

七副碗筷

到了！"

我像弹簧一样从床上蹦起来，抓起相机冲出船舱。

站在船头，我怔住了。一座陡峭的海上石头山矗立在眼前。由于我刚才一直躺在船舱里，没有经历由远到近的过程，这时，突然出现在悬崖峭壁跟前，心里充满震撼与敬畏。

渔政船放慢速度，绕着兄岛巡航。兄岛又称大柑山，呈南北走向，北端高而圆，南端低而尖，岛的四周是陡峭光滑的岩石。

"这岛上有人上去吗？"我问道。

船长告诉我："这大柑山，就是整天和大海打交道的渔民也不敢轻易上去。太危险了！"他指着耸立在岛上北端的一座灯塔说："兄弟岛隶属于东山县。这里，也是福建与广东的分界点。附近还是繁忙的国际航线，北上南下的邮轮货船都从这里经过。为了保障过往船只航行安全，1988年7月，有关部门克服困难，在这岛上建了这座灯塔，配备了太阳能充电板，灯光射程10.5海里。2006年，人民解放军海军在岛上竖立了领海基点石碑。"

在兄岛的西北角，我看到了"螺仔巷"，是风和海浪经年累月的冲蚀，在峭壁和螺状大礁石之间切割出一条窄长的"巷子"。"巷子"吐纳着狂野的涌动着白沫的海浪。我想，要是科文和宾治还健在，并重访这绝境逢生的"螺仔巷"，一定会有一番特别的感受的。

亲临其境，我想象着当年东山渔民在风浪中奋力救起两个

190

美国飞行员的情景，想象着盟军飞机和日本舰队在这片海域激战的惊心动魄场面。而就在这片风高浪急的海面下，至今还躺着被盟军击沉的日本军舰残骸，躺着被人民海军击沉的"章江"号和"剑门"号。

渔政船慢慢驶离兄岛，向不远处的弟岛进发。我伫立在甲板上，默默向这座镇守着祖国海疆的海岛表达着敬意。

这时，传来船长的声音："快看，大柑山上面坐着两个握枪的人。"

我朝着船长手指的方向望去，只见兄岛北端的高大岩石上面，屹立着两块石头，酷似两个兄弟，手握钢枪，注视着浩瀚的大海，是那样的逼真，那样的庄严，那样的传神。我连忙端起照相机，拍下这珍贵的画面。

一旁的小刘问我："你现在怎么不晕船了？"

兄弟岛上"两兄弟"

我说:"自从你冲进船舱告诉我兄岛到了那一刻起,我就把晕船这事给忘啦。"

跟随渔政船巡航兄弟岛回来,我想起一件事,在采写东山渔民救盟军飞行员整个事件链条中,还缺少一个环节,就是省政府信访办转来的林子浩先生信函原件。

我找到县信访局,信访局同志的答复是:"时间过去太久,信访办几经'搬家'更名,领导也换了好几任,这些函件已经找不到了。"

这么珍贵的资料,怎么可以丢失呢。我没有放弃。在县文联的帮助下,我在康美镇龙潭社区找到了已退休多年的当年县信访办主任老沈。老主任对当年寻找渔民的细节记忆犹新,并清楚记得,林子浩先生的信函原件就装订在县信访办1985年的档案中。

几经周折,在东山县信访局的配合下,我终于在1985年的档案中查阅到了林子浩受科文、宾治委托所写的寻找救命恩人的

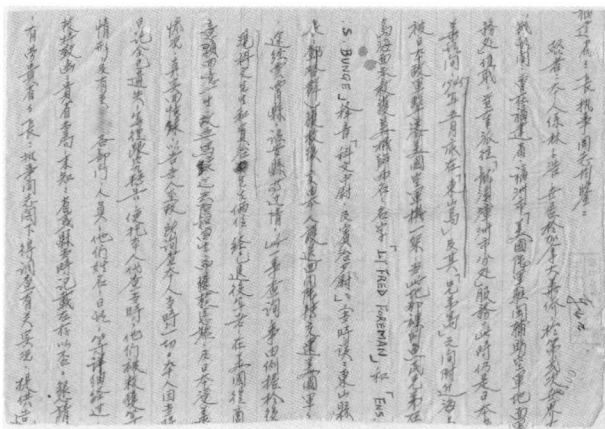

林子浩来信手迹1

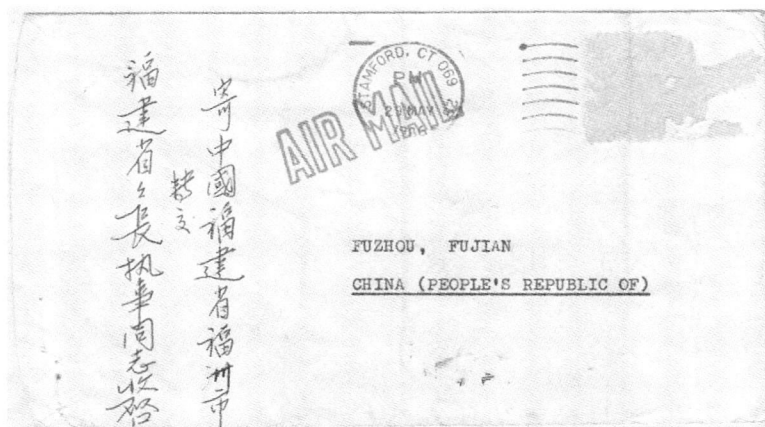

林子浩来信手迹 2

信函原件，原件上的钢笔字依然十分清晰。令我欣喜的是，档案中还附有一份当年县信访办寻找拯救美国飞行员的渔民过程详细报告。

这封远方来信，连接着中美抗战的一段特殊情谊，也见证了东山渔民与盟军同仇敌忾、打击日本侵略者的难忘经历。

至于当年岵嵘山美军观察站艾德森和阿珍姑娘的后续故事，古城民间有好几个版本，但毋庸置疑的是，艾德森和阿珍姑娘确实在一起了……

第十章　不寻常的家祭

　　最后一位被采访者是我的母亲。七副碗筷，一炷清香，一份来自民间的善良与暖意。一阵微风吹来，我仿佛听到老屋孩子一男一女的童谣对答。

　　东山抗战的采访告一段落。我还有个心愿，到东山抗战烈士陵园凭吊在东山岛抗战中牺牲的烈士和死难民众。不知为什么，我总觉得，东山抗战故事还没有画上句号。

　　县委宣传部特意安排孙用川、谢溪添两位老先生和我一同前往。孙用川先生长期致力于东山历史文化的研究，肚子里装满东山的故事。谢溪添先生是一名老新闻工作者，曾经担任县政协文教体卫专委会三任。他有一个绝活，方言快板写得特别好，而且是自编自导自演，常让人听得捧腹大笑。更重要的是，谢溪添先生也是一位研究东山抗战历史的专家。

　　东山抗战烈士陵园位于铜陵镇五里亭，这里，离龙潭山不远。陵园占地2000平方米，由公墓、纪念碑、纪念亭构成。1941年由43名东山籍爱国华侨捐款一万多元建成，1991

年，陵园被福建省人民政府列为省级文物保护单位，并拨款维修了陵园门楼。

我注意到，门楼上有中国人民解放军萧克将军题匾"东山抗战烈士陵园"。

萧克，开国上将，时任国防部副部长兼军事学院院长、第一政治委员。抗战时期任八路军第一二〇师副师长、冀热察挺进军司令、晋察冀军区副司令。

我仰望着萧克将军题匾，心中充满感慨。中共的抗日名将为抗日战场中牺牲的国民党军人题匾，意蕴深远。

在中华民族最危险的时刻，在抗日战场上为民族为国家浴血奋战的国共双方军队，都拥有一个共同的名字，叫中国军队。国共双方的抗日将士，也拥有一个共同的名字，叫中国军人，他们有着共同的民族魂、中国魂。

东山抗战烈士陵园

195

七副碗筷

陵园里，我看到了两座刻满名字的石碑，一座是"东山抗战阵亡官兵英烈碑"，一座是"东山抗战死难民众芳名碑"。孙用川先生告诉我，这两座石碑是抗战胜利70周年，也就是2015年才新增的。

我在石碑前献上两束鲜花，深切缅怀惨遭日本侵略者杀戮的死难同胞、缅怀在抗击日寇中英勇牺牲的先烈。

我俯下身，仔细察看着刻在石碑上的名字。

我看到了带领敢死队连夜出征，在港口村附近小山坑中弹牺牲的中校副团长张润生；看到了深入陈城敌营侦察，被日寇绑在木桩上杀害的保安中队士兵何细升；看到了战死在乌礁湾附近沙丘上的少尉排长范仲良；看到了在黄山小树林战斗中牺牲的准尉赵贤；看到了为国捐躯的铜陵两兄弟孙忠、孙孝……

我发现，在黄山小树林战斗中失踪的许佛水名字也出现在石碑上。

谢溪添先生告诉我："1985年清明节，我和许佛水老人还在这里相遇过呢！"

"你和许佛水老人在这里相遇过？黄山战斗不是找不到他的尸体，最后列入阵亡名单了吗？"我一阵困惑。

"许佛水并没有死，他是黄山战斗中的唯一幸存者。"

谢溪添先生是讲故事的好手，不过，这回他讲述的是一段真实的遭遇。

1985年初，铜陵镇成立了一支管弦乐队，时任东山县文化馆副馆长的谢溪添受邀前往指导，管弦乐队员中有一位是东山抗战烈士陵园管理员。有一回，这位抗战烈士陵园管理员在排练休息时，无意中说起，多年来，每到清明节，总有一位老人带着酒菜祭品，一大早就来陵园扫墓。

曾经在东山县广播站工作的谢溪添听了立刻意识到，这背后有故事。于是，这年清明节，谢溪添早早来到抗战烈士陵园守候着。果然，见到一位老人带着供品，步履蹒跚来到陵园公墓前，一边斟酒烧香，一边喃喃自语着。

谢溪添觉得老人的身影好熟悉，上前仔细一看，竟然是同为探石村的许佛水老人。

"佛水叔，你这么早来给谁扫墓呀？"

老人也认出了谢溪添："溪添呀，我来看望战友了。"

老人向谢溪添讲述了他在黄山战斗中死里逃生的经历："夜袭乌礁湾的日伪军后，我们小分队被日军包围在黄山小树林里。危急时刻，附近拳头馆的村民前来助战，敌人的进攻被打退，而前来助战的村民都遇难了。我们的领头正准备召集队伍清点人数，突然敌人的飞机又出现在树林上空，轮番投弹，好多战友被炸死在树林里。这时，一颗炸弹在离我不远的地方爆炸了，我被气浪震昏过去，以后什么也不知道了。醒来的时候，天已黄昏。我发现自己落在一个干粪坑里，上面摞着两个战友的尸体。这时，我听到附近有动静，探头一看，见不远处几个日本鬼子正对躺在血泊中的小分队战士逐个捅刺刀验尸，有几个受重伤的战友又被鬼子活活捅死了。几个鬼子端着带血的刺刀正向我步步逼近。我心想，横竖是一死，与其等着被鬼子刺刀捅死，不如和鬼子拼了。可我身上没任何武器呀。危急关头，我从牺牲的战友身上摸到一颗手榴弹，我迅速拧开弹盖，屏住气，等到鬼子再靠近时，我拉出引绳，将手榴弹扔向鬼子，'轰'的一声，四五个鬼子应声倒下，其余几个鬼子因天黑怕遭埋伏，撒腿跑了。"

"那后来呢？"谢溪添问道。

"后来，我爬出干粪坑，转移到一处灌木丛隐蔽起来。不一会儿，前面又有几个人影在晃动，我想坏了，鬼子又来了，这回死定了。这时，我听到来人小声说话的声音，说的是家乡方言。原来是附近村民趁着天黑，前来小树林里看有没有还活着的守军战士，我终于松了一口气。村民发现了我，把我背回了村里。这时的村庄因遭敌机的狂轰滥炸和日伪军的烧杀抢掠，已经成了名副其实的空壳村。我只是腿受了轻伤，估计敌人可能还会卷土重来，为了不连累乡亲们，喝了一碗村民熬的热粥，连夜离开了村子。"

"离开村子以后，你又到哪里呢？"

"我想找部队，可我们这支队伍都打光了，到哪儿找部队呀。回家吧，也不行，日本鬼子扑向西埔，探石村是日军必经之地。于是，我经前楼连夜乘船渡海到了诏安。后来，我加入'闽南盐警'，改名'许敬三'，继续投入抗击日寇的战斗。有人要给我介绍对象，我想到了牺牲的战友，发誓'日本不投降，我决不成家'。1945年抗战胜利时，我31岁，在平和县娶农家女子李溪花为妻，耕田种地，过着农家日子。"

"那你是什么时候回到东山的？"

"东山解放后，我携妻儿回到家乡。这时，我才知道，由于当时救我的村民和后来到小树林寻找阵亡守军战士尸体的村民来自不同的村庄，因此我被列入了阵亡战士名单。我不想张扬，把这件事埋藏在心底，在村里当个农民。只是每到清明节，都要早早来到抗战烈士陵园，在战友墓前摆上供品，斟上几杯酒，和墓中的战友唠叨几句。"

"许佛水老人后来怎样呢？"我问老谢。

谢溪添告诉我："很长时间里，人们并没有把活着的许佛水和'阵亡'的许佛水联系起来。1995年清明节我采访许佛水老人后，把这位'活烈士'的故事写了出来，刊载于1995年县政协《东山文史资料》纪念抗日战争胜利50周年选辑上。许佛水'活烈士'的故事才为人们所知晓。"

"许佛水老人现在还健在吗？"我问道。

谢溪添心情有些沉痛："接受采访后不久，许佛水老人就去世了。前些年，他的大儿子也出车祸走了。"

多亏谢溪添先生，是他的及时挖掘，才解开了尘封多年的"活烈士"之谜，抢救了一段珍贵的东山抗战史料，也让我得以完整还原当年黄山战斗的过程。

我把目光投向"东山抗战死难民众芳名碑"。我看到了1939年7月14日，在东门屿拒不为日本鬼子引航而被残忍杀害的朱九、郑南阳、黄桂；看到了1939年8月27日，为抗日

七副碗筷

守军带路，在山后村地段被敌机扫射身亡的官路尾村村民林金鉴；看到了1939年8月28日，黄山战斗中，拒不向敌人透露抗日部队隐藏在小树林的位置而被杀害的黄山母村村民林安然；看到了1939年8月31日，为守军通报消息、传递命令，在白埕沙园内被敌机扫射身亡的白埕村村民林保惜；看到了1939年8月31日，因不肯为敌人带路而被杀害的前佘村村民陈保成；看到了1939年9月1日，为守军侦察敌情，被日寇刺死于田间的梧龙村村民林木顺；看到了1940年2月12日，在为守军通报消息时，被敌人炮火击中的黄山母村村民林日金……

我的目光继续在石碑搜寻着，一行名字映入我的眼帘，他们是：朱赵氏（朱糊之妻赵绿真）、朱翁氏（朱翁亚梅）、朱氏（朱亚娇）、朱庆全（夫妇）……

这是下街惨案中的七尸八命。

我深有感触："小时候听西埔村的老人说过，就在我们那条街上，有一家七口被日本飞机炸死了。我原来一直以为是我们老屋斜对面'破厝筒'的人家，通过这次采访，才知道这惨案原来发生在铜陵古城的下街。"

"你家的那条街是在西埔的'内圩'还是'口圩'？"孙用川先生问道。

西埔现在是新县城所在地，以一条小河为界，分为内圩和口圩。可见，孙用川先生对西埔很了解。

我说："是内圩呀。离'妈祖婆'不远。"

"妈祖婆"是我们街附近的一座供奉妈祖的小庙，庙虽小，却颇有名气，拿"妈祖婆"当参照系，孙用川先生一听就明白了。

孙用川先生沉吟片刻，说："当年在西埔村内圩确实也发生过一家七口被日本飞机炸死的惨案，我听说这家人就住在'妈祖婆'附近的一条街的'顶头'。"

我怔住了。我们这条新街的两端就分为"下头"和"顶头"，而我家的老屋，还有斜对面原"破厝筒"的地方正处在街的"顶头"。可是，经过对元海叔的采访，可以肯定"破厝筒"不是那一家七口遇难的地方。

那么，会在哪里呢？这遇难的一家七口下落没有找到，我的东山抗战采访就没有结束。可是，知道这事的老人都已作古，我该问谁呢？

采访到这里卡住了，我心里有些着急，不是说机遇总是特别眷顾有准备的人吗？我期待着机遇的出现。

清明节快到了，我回了一趟东山老家。那一天，在老屋，我们全家人聚在一起。一阵家长里短，只见母亲认真叮嘱着二弟媳妇："我老了，以后逢年过节，在咱家这老屋祭拜祖宗的事就交给你了。记住，到时一定要多摆上七副碗筷啊！"

我二弟一家就住在这老屋，母亲年纪大了，把祭拜祖宗的事交代给二弟媳操办是情理之中，可为什么要特地叮嘱多摆上七副碗筷呢？我忽然想起，小时候，奶奶也是用这种口吻交代母亲的，只是当时我并未在意。

这回我在意了。我问："为什么还要多摆七副碗筷，是祭拜什么人呢？"

二弟媳妇的回答让我吃了一惊："大哥，抗战时期，就在这老屋曾经有一家七口被日本飞机炸死了，你知道吗？"

我倒吸一口气，原来，80年前，日本飞机在西埔村炸死一家七口的惨案就发生在我家老屋，这可是我小时候生活的地方啊！记得儿时，就在这屋里，我每天晚上都是听着挂在墙上那座老摆钟的"嘀嗒"声入睡的。

我明白了，为什么小时候每当我问起"破厝筒"的事，母亲总是一脸凝重，把话题岔开。如果我当时知道这里曾经炸死过七口人，晚上睡觉肯定会做噩梦的。

东山抗战故事的最后一个被采访者是我的母亲。

老屋大厅，我静静听着母亲的讲述。

这老屋原先的主人是从附近山后村搬来的一户人家。这户人家有一个活泼的男孩和一个漂亮的女孩，特别的热闹。小孩儿的父亲是个老实憨厚的农民，小孩儿的母亲特别贤惠，而且心灵手巧，她用麦秆给孩子们编了许多小篮子、小灯笼，还有小猪、小狗、小鸡、小鸭等玩具，还教会孩子许多有趣的童谣。

老家旧时有"翻床铺"的风俗。新郎新娘结婚时，总要在邻里间挑选一个长得特别活泼可爱的小男孩，在新娘床上打个滚，叫作"翻床铺，生查埔（生男孩）"。

老屋小男孩特别抢手，经常被邻居"借"去"翻床铺"。小男孩的父母亲也很乐意，毕竟这是一件脸上有光的事情。

这条街上有位叫婉儿的阿婆，出生在东山马垵村，从小被这条街上的一户人家抱养做童养媳。婉儿婆从小记性特别好，她虽然没读过书，靠着强记硬背，竟然能看懂东山歌册的许多唱本。什么《狄青平南》《薛仁贵征东》《樊梨花征西》《双白燕》《陈世美》，都能一出一出地唱下来。老屋小孩儿的阿母得闲时，还经常跟着婉儿婆学唱东山歌册呢。

婉儿婆还懂得很多民俗，偶尔还会帮乡亲们解解梦。她的梦解得准不准不重要，重要的是总能给人带来些许宽慰。她还懂得一些偏方，街坊小孩儿身上长个疔、生个疮什么的，找她看还挺管用。有一阵子，老屋的男孩儿身上长带状疱疹，俗称生"飞蛇"，就是婉儿婆用偏方给治好的。

就是这位婉儿婆，见证了1939年农历七月发生在老屋的那场惨祸。

那年农历七月半，村里家家户户都在准备过普度节，有的人家还模仿舞台上武将背上插的"五风旗"，用五颜六色的纸糊了许多好看的小旗子，准备普度节拜门口时插在供品上。

这天上午，老屋的两个孩子特别兴奋，一个手举着小旗子，一个手拿着阿母用麦秆编的小灯笼，在门口追逐着，嬉戏着。街道上传来串串孩子们欢乐的笑声。

一会儿，男孩和女孩对起了闽南童谣：

女孩儿：天顶一粒星。

男孩儿：牛母牵牛婴。

女孩儿：牛婴牵去卖。

七副碗筷

男孩儿：卖做钱。

女孩儿：籴做米。

男孩儿：舂做粞。

女孩儿：搓做圆。

男孩儿：吃饱饱。

女孩儿：跳上西公天。

男孩儿：摔落下来拾到钱。

女孩儿：那钱呢？

男孩儿：钱买牛。

女孩儿：那牛呢？

男孩儿：牛放屎。

女孩儿：那屎呢？

男孩儿：屎浇菜。

女孩儿：那菜呢？

男孩儿：菜开花。

女孩儿：那花呢？

男孩儿：花结籽。

女孩儿：那籽呢？

男孩儿：籽榨油。

女孩儿：那油呢？

男孩儿：油点火。

女孩儿：那火呢？

男孩儿：火被老婆子吹灭啦！

女孩问不下去了。男孩得意地催着女孩："问呀，怎么不问啦。"

孩子的阿公阿嬷（爷爷、奶奶）、阿爸阿母在屋里忙着蒸粿做红龟（一种包着黄豆馅的红色供品）。听着孩子在门口对着童谣，都乐了。他们全然不知一场灾祸即将来临。

这时，天空忽然出现飞机轰鸣声。有人在喊："不好了，日本飞机来了，快躲起来啊！"在门口玩耍的小孩吓得赶紧往屋里跑。

一架日本飞机呼啸着向下俯冲，几乎同时，扔下两颗炸弹，其中一颗炸中老屋斜对面的屋子（我小时候玩耍的"破厝筒"），一颗直接炸中老屋。瞬间，屋里一家七口掩埋在烟尘笼罩的废墟中。人们被这飞来横祸惊呆了。

轰炸过后，街坊乡亲含着眼泪赶来清理被炸的老屋废墟，人们扒开砖头瓦砾，找到了七具血肉模糊的尸体，尸体当中有大人也有小孩。让人震惊的是，有一只小手还握着沾满鲜血的麦秆小灯笼。

听了母亲的讲述，我陷入难以言状的悲痛之中。一阵沉默，我问母亲："那后来呢？"

母亲抹着眼泪："这老屋被炸后，也成了'破厝筒'，10多年了，一直没有再建。大家认为这是一场'血光之灾'，没人敢在这里盖房子住了。还有，这家人没了后人，就是想在这里盖房子也找不到这块地的主人呀。"

我问母亲："那我们家是怎么在这老屋废墟上盖房子的呢？"

七副碗筷

母亲说："我们祖上原先住在东山的港口村，因为日子过得艰难，就来到西埔圩谋生，一直靠临时租别人的房子住。解放后，你爷爷和你叔公好不容易找到这家人的旁系亲属，买下这块废墟，经过清理后在这块地上盖起现在的房子。房屋地契上还有当时谷文昌县长盖的章呢。"

母亲在一个小铁盒里小心翼翼地拿出一张泛黄的宅基地地契，上面果真有当时东山县县长谷文昌的盖章，时间是1954年9月。

我问："那我们家是什么时候祭拜祖宗时开始摆七副碗筷的呢？"

母亲说："当时买地盖这房子的时候，婉儿婆特地找到你阿嬷和我，告诉了这老屋七口人被日本飞机炸死的经过。当讲到这家人的一双儿女也在那场飞机轰炸中被炸死时，她老人家哭了，我和你阿嬷也都跟着哭了。从那时候起，我们家每当祭拜祖先的时候，都要另外再摆上七副碗筷，为被日本飞机炸死的七口人烧上一炷香。这户人家太惨了，都没了后人，我们就是他们的后人啊！"

多年来的谜团终于解开了。

我问母亲："那年，铜山古城的下街也中了日本飞机的炸弹，发生'七尸八命'惨案，你知道吗？"

母亲说："听说了，解放后，咱这条街的'下头'住进了一个铜山阿婶，这个铜山阿婶原先就住在下街。我听她说起日本飞机轰炸下街经过，太惨了。铜山阿婶还说，她有一个亲戚在东沈村，1940年农历七月十八，日本飞机在东沈村也炸死了七个村民，其中有一个叫何碧玉的孕妇也被炸死了。日本鬼子真是造孽，在东山，不知还有多少惨死的'七尸八命'啊！"

母亲说到这里停住了，老屋一片寂静……

清明节到了，母亲在老屋窗台前，摆上了七副碗筷，还有供品，供品中，有小孩喜欢吃的糕点。供品旁，放着一个纸糊的小灯笼。

记得在我小时候，母亲祭拜时总是不事声张，也听不清楚她烧香时嘴里在念叨着什么。而今天，母亲的祭拜极具仪式感，似乎带有与弟媳妇交接班的意思。

母亲烧上一把香，每人分给几炷，然后领着我们面对窗台前的七副碗筷，双手虔诚高高地举起香，进行着生者与死者的对话："叔公婶婆、阿叔阿婶、阿兄阿姐，清明节又到了，今天，我带着孩子们来给你们烧香了。你们都看到了，现在咱家子孙满堂了，这也都是你们的子孙啊！我年纪大了，以后清明节就让住在这老屋的儿媳妇代表全家祭拜你们了。愿你们在天之灵得以安息，愿'天脚下'（人世间）都平平安安……"

我明白了，七副碗筷，一炷清香，是慰藉，是承担，更是一份来自民间的善良与暖意。我的奶奶，我的母亲，我的弟媳，还有我们全家，是在用家祭的方式，慰藉死难者的亡灵，同时，也是对和平安宁的祈祷啊！

七副碗筷

参加了这不寻常的家祭，我还有一件事情要做。

我带上一束香，还有刚写好的《七副碗筷》初稿，来到东山抗战烈士陵园那刻满死难者名字的石碑跟前。我点上香，用民间的方式祭奠在东山抗战中牺牲的中国军人和死难同胞。

我眼前，浮现出一幅幅先辈们保家卫国、英勇牺牲的血与火的画面。在1938年至1944年间，日寇出动飞机127批次356架次，在这座200平方公里的海岛上，投下1361枚炸弹，平均每平方公里投下6.8颗炸弹。根据记载，东山军民在抗击日寇中死亡人数达892人。而殉难人数远远超过这个数目。在与日寇的殊死战斗中，东山军民"人人以忠烈自勉"，只有战死，没有投降。日寇三次攻打东山，都被英勇的东山军民打下海去。东山始终没有沦陷。

东山抗战，充分展现了中国共产党抗日民族统一战线旗帜的引领，展现了中国共产党抗日救亡动员的巨大力量，展现了守岛的爱国将士和民众不畏牺牲、浴血奋战的血性和壮举，展现了各界爱国人士和爱国华侨的深厚民族感情和爱国情怀，也展现了东山军民与盟军密切配合，共同打击日本法西斯军队的重要经历。

东山抗战是闽南抗战、福建抗战、全国抗战的重要组成部分，也可以说，是中华民族全面抗战的一个缩影。

在东方主战场，中国人民独立承担在东方反抗法西斯的重任达10年之久，中国付出的民族牺牲占世界反法西斯战争总死伤人数的40%，中国军民伤亡3500万人以上。中国在东方战场的艰苦抗战，持续时间最长，从6年局部抗战，到8年全国抗战共14年，中国牵制和消灭的日本法西斯军队最多，抗击了日本陆军总兵力的2/3，歼灭日军150余万人，占日军在第二次世界大战中死伤人数的70%。日本投降时，在华兵力约128.3万人，超过太平洋东南亚各战场日军的总和。中国人民为世界反法西斯作出了巨大贡献。

在民族危亡面前，不甘屈辱的中华儿女共赴国难。这场惨烈的抗争、这段刻骨铭心的历史离我们并不遥远，中华民族用鲜血染红过的山河，更值得今天的人们和后世的子孙珍视。在中国人民抗日战争的壮阔进程中，展示了天下兴亡、匹夫有责的爱国情怀，视死如归、宁死不屈的民族气节，不畏强暴、血战到底的英雄气概，百折不挠、坚韧不拔的必胜信念，正激励着新时代的中华儿女勇往直前，克服征程上的一切艰难险阻，去实现中华民族的伟大复兴。

我把《七副碗筷》初稿轻轻放在石碑前，向着石碑深深躬了个躬。我想，这些名字镌刻在石碑上的死难者，还有许多在抗战中为国捐躯、名字没有刻在石碑上的志士，才是这本书的真正作者。我也相信，老屋中被日本飞机炸死的七口人的名字，也镌刻在这座石碑上。

一阵微风吹来，我仿佛听到老屋孩子一男一女的童谣对答：

天顶一粒星，

牛母牵牛嬰，

七副碗筷

牛嬰牵去卖，
卖做钱，
籴做米，
舂做粞，
搓做圆，
吃饱饱，
跳上西公天，
摔落下来拾到钱
…………

后　记

本书讲述的是发生在福建东南沿海一段真实的抗战故事。

在许多人的印象中，福建并不是抗战的主战场，除了福州保卫战、厦门保卫战，没有太多的战事。然而，鲜为人知的是，在福建最南端的东山岛，发生过三次惨烈的战斗。当时的福建《大成晚报》报道："自民国二十六年至二十八年十月止，全省各县遭日寇蹂躏最惨烈为闽南之东山。"据统计，1938年至1944年间，日寇出动飞机127批次356架次，在这座200平方公里的海岛上，投下1361枚炸弹，平均每平方公里投下6.8颗炸弹。

东山岛面向台湾海峡，位于厦门、金门和南澳、汕头之间，也是东海与南海的接合部。当时，日寇占领了厦门、金门、南澳、潮汕，如果再占领东山岛，就能对我国东南沿海形成一条完整的封锁链，同时控制住台湾海峡。东山，这座具有重要战略地位的海岛，注定成为敌我双方争夺的焦点。

和全国一样，在闽南，中国共产党领导的抗日救亡运动，各界民众的同仇敌忾，中国守军的浴血奋战，汇成一股势不可当的抗日洪流，不仅取得保卫东山战斗的胜利，还取得闽南战役的胜利，沉重地打击了日寇的气焰。

七副碗筷

在与日寇殊死战斗中，东山军民"人人以忠烈自勉"，只有战死，没有投降。日寇三次攻打东山，都被英勇的东山军民打下海去；面对凶残的日寇，东山百姓宁愿死，也不带路；在东山海域，还发生了盟军飞机与日本军舰的海空激战，东山渔民冒着危险，在风浪中拯救了命悬一线的盟军飞行员，并机智地把飞行员送出海岛；历经战争苦难的东山百姓，在食不果腹的情况下，还捐献了一架"东山号"飞机支持抗日。东山抗战是闽南抗战、福建抗战、全国抗战的重要组成部分，也可以说，是中华民族全面抗战的一个缩影。

在民族危亡面前，东山人民与全体中华儿女展示了天下兴亡、匹夫有责的爱国情怀，视死如归、宁死不屈的民族气节，不畏强暴、血战到底的英雄气概，百折不挠、坚忍不拔的必胜信念。这段刻骨铭心的历史离我们并不遥远，先辈用鲜血染红的山河，更值得今天的人们和后世子孙珍惜。

作为一名东山籍的作家，我有责任把东山乃至闽南这段抗战历史写下来。

作为报告文学，既要注重纪实、有史志性，又要好看、有可读性。我一直在寻找下笔的切入点。感谢我的母亲，正是她讲述的抗战期间发生在我家老屋的一段摄人心魄的真实故事，为我创作这部报告文学提供了切入点，并且有了《七副碗筷》这个书名。

于是，我以寻找被日本飞机炸死的一家七口人为引子，抽丝剥茧，渐次展开了东山岛乃至闽南军民在中国共产党的抗日民族统一战线旗帜下，同仇敌忾、浴血奋战、抗击日寇、保家卫国的壮烈画卷。在报告文学中，我的母亲，我家祖屋，家祭时的七副碗筷，成了故事的组成部分，而"我"的采访追踪，成了连接故事情节的重要媒介。我试图通过这种"请跟我来"的带入式叙事方式，拉近读者和作者、作品的距离，同时避免故事情节的碎片化。

在创作过程中，我设置了几个悬念。贯穿全书的寻找被日本飞机炸死的一家七口人下落的曲折过程，本身就是悬念。从"破厝筒"到下街的"七尸八命"，再到我家祖屋，我把揭开那场"血光之灾"的谜底放到书的最后。还有，寻找被盟军炸沉的日本军舰火炮一波三折的过程、黄山战斗中"死而复生"的"活烈士"许佛水的传奇经历，也充满悬念。这些悬念的铺陈，既还原了历史的真实，也激发着读者的探索欲望，增强了作品的可读性。

在书中，我力求揭示东山、闽南军民英勇抗战背后的思想文化内涵。我以中央红军东路军进漳、芗潮剧社、闽南红三团、乌山革命根据地为背景，讲述了党的抗日救亡宣传发动的巨大影响力、号召力。其中"一为祖，二为某（妻），三为田园，四为国土"的口号把保家与卫国紧紧联系在一起，震撼人心。书中还通过东山人民英勇抗击倭寇的历史、支持郑成功收复台湾的壮举，以及海岛民众对关公忠勇仁义的景仰，展现了融入东山百姓乃至中华民族血脉中的浩然正气和家国情怀。

出于巧合，东山岛的许多人文景观正好是抗战故事的发生

七副碗筷

地。我试图通过对这些人文景观的描写，烘托折射出东山人民的刚强气脉与动人心魄的神韵，见证着这座海岛曾经的苦难与悲壮、血性与荣光。

书中还讲述了古城顶街姑娘阿珍与岵嵝山盟军观察站观测员艾德森的一段奇异的恋情，这段恋情是美好的也是融入抗战主题的。我希望通过这段描写，给沉重的故事添上一抹温馨的暖色。

在书写战争残酷惨烈的同时，我也注意描写人性的善良与悲悯。在书的最后一章，我写道："东山抗战故事的最后一个被采访者是我的母亲。在老屋大厅，我静静听着母亲的讲述……我明白了，七副碗筷，一炷清香，是慰藉，是承担，更是一份来自民间的善良与暖意。我的奶奶，我的母亲，我的弟媳，还有我们全家，是在用家祭的方式，慰藉死难者的亡灵，同时，也是对和平安宁的祈祷啊！"

最后，我以老屋在被日本飞机炸中之前，两个孩子的闽南童谣对答作为全书的尾声："天顶一粒星，牛母牵牛婴，牛婴牵去卖，卖做钱，籴做米，舂做粞，搓做圆，吃饱饱，跳上西公天，摔落下来拾到钱……"

这是两个幼小生命被毁灭之前发出的天真稚嫩的声音。我认为，这样的尾声是会触动人心的。

报告文学以纪实为本。为了写好这部作品，我带着对在抗击日寇、保家卫国中英勇牺牲的先辈的敬仰，带着对家乡这方热土的深情，带着对作品和读者的虔诚，阅读了400多万字的抗战历史档案资料和相关文集、回忆录；多次深入到红军进漳纪念馆、东山博物馆、乌山革命纪念馆、诏安革命历史纪念馆调研，和有关专家学者座谈，对相关史实进行认真核对；在有关同志的支持下，还收集到一批弥足珍贵的历史照片，从而为创作这部作品做好了史料上的准备。

对书中故事的发生地和历史遗迹，我尽可能到实地去调研、去体验。我先后走访了漳州芝山红楼、诏安汾水关、乌山水晶坪、海澄港尾，走访了东山九仙山、岵嵝山、东门屿、南门湾、乌礁湾，还乘船来到兄弟岛海域——当年盟军飞机与日本军舰激战以及东山渔民拯救美国飞行员的地方。我深切体会到，磨刀不误砍柴工，有没有深入田野调查，对写作的感受是大不一样的。

我觉得，自己就像一名矿工，躬着腰吃劲地挖掘着家乡这方热土的文学创作矿藏，然后用心去冶炼。虽然是辛苦的，却是快乐的。

我想，如果这部作品出版后，能被读者所接受，对爱国主义教育有所裨益，我的所有付出都值得了。

吴玉辉

2020 年 5 月于东山岛